MARIE LOUISE FISCHER

Aus Liebe schuldig

Buch

Als die junge und unerfahrene Komtesse Vera einen Heiratsantrag von Baron Felix von Rotweil erhält, nimmt sie geschmeichelt an. Doch dann erfährt sie, daß der »schöne Felix« ein Mädchen aus der Vorstadt geschwängert und sitzengelassen hat. Tief getroffen löst sie die Verlobung und verliebt sich kurze Zeit darauf in den Leutnant Peter Rainer. In der Zwischenzeit hat die Trennung von Vera dem Baron einen solchen Schock versetzt, daß er nach einem Unfall an den Rollstuhl gefesselt bleibt. Getrieben von Mitleid und Schuldgefühl, entschließt sich Vera schließlich doch, ihn zu heiraten. Aber dann wird Peter im ersten Weltkrieg lebensgefährlich verletzt. Vera eilt zu ihm, willigt in eine Kriegstrauung ein und erkennt zu spät, daß sie nunmehr in Bigamie lebt …

Autorin

Marie Louise Fischer wurde am 28. Oktober 1922 in Düsseldorf geboren. Während des Zweiten Weltkriegs studierte sie Germanistik, Theaterwissenschaften und Kunstgeschichte, danach arbeitete sie als Dramaturgin in Prag. 1945 wurde sie in einem Lager interniert. Nach ihrer Entlassung begann sie Kurzgeschichten zu schreiben und arbeitete in der Werbung. Mit 29 Jahren veröffentlichte sie ihren ersten Roman: »Zerfetzte Segel«. Marie Louise Fischer, zunächst bekannt für ihre erfolgreichen Illustriertenromane, zählt zu den meist gelesenen deutschen Autoren der Unterhaltungs- und Jugendliteratur. Ihre Bücher, zumeist Liebesromane, wurden in 23 Sprachen übersetzt und erzielten Millionenauflagen. Marie Louise Fischer starb am 2. April 2005 in Prien am Chiemsee.

MARIE LOUISE
FISCHER

AUS LIEBE SCHULDIG

Roman

PORTOBELLO

Nach dem gleichnamigen Roman von Hans Gustl Kernmayr

Umwelthinweis:
Alle bedruckten Materialien dieses Taschenbuches
sind chlorfrei und umweltschonend.

Portobello Taschenbücher erscheinen im Goldmann Verlag,
einem Unternehmen der Verlagsgruppe Random House GmbH

Einmalige Sonderausgabe Juni 2007

Umschlaggestaltung: Design Team München
Umschlagfoto: Hanka Steidle
Druck: GGP Media GmbH, Pößneck
NG · Herstellung: WE
Printed in Germany
ISBN: 978-3-442-55496-6
www.portobello-verlag.de

10 9 8 7 6 5 4 3 2 1

Aus dem Schornstein eines Dampfschiffs ringelte sich eine bläulichweiße Wolke. Lange blieb sie, das Schiff begleitend, am blauen Himmel hängen. In goldener Schrift, mächtig und selbstsicher, stand auf dem Personenraddampfer geschrieben: »General Daun«. Kräftig griffen die Radschaufeln in das graublaue Wasser. Schmaler wurde die Donau. Steinige Höfe, Lager- und Mietshäuser rahmten den endlos scheinenden Strom.

Auf dem Passagierdampfer »General Daun« war alles festlich geschmückt. Auf dem Deck hätte man tafeln können, so rein gescheuert waren die Dielen. Heute war ein großer Tag für die Donaudampfschiffahrtsgesellschaft. Tausend und abertausend Menschen würden ihren kleinen Firmlingen den heimatlichen Strom und die vielen schönen Schiffe zeigen. Die Firmpaten und -patinnen pflegten mit ihren Schützlingen von der Reichsbrücke über die Lobau nach Fischamend zu fahren, wo hellgebackene Donaukarpfen darauf warteten, verspeist zu werden. Die Donauschiffer freuten sich auf diesen großen Tag.

Fünf Uhr früh war es. Behutsam, als müßte sie es sich überlegen, brach die Sonne mit all ihrem Gold von Osten über die ungarischen Hügel auf. Sperlinge, Finken, Kohlmeisen, Amseln flogen der wärmenden Sonne entgegen. Nun wurde es auch auf beiden Seiten der Donau lebendig. Fischer zogen ihre Netze ein und fuhren zurück zu ihren Hütten. Ein Schleppdampfer, sechs Kähne angehängt, mühte sich gegen Westen. Alle Boote waren vollbeladen. Die Fracht kam vom Schwarzen Meer und schwamm nach Deutschland. An der Fahnenstange flatterte der weißblaue Wimpel des »Bayerischen Lloyd«.

Neben den ausgewaschenen Ufern, auf schmalen Wegen, kamen die ersten Ausflügler, Fußgänger und Radfahrer. Junge und alte Herren in dunklen Pumphosen und hellen Sportjacken saßen fröhlich auf ihren Rädern, Sehnsucht nach der Ferne in den Augen. Einer blies in ein silbernes Horn. »Tatütata« tönte es im Dreiklang. Junge Wildenten schreckten auf und flatterten südwärts weiter.

Zarter, weißer, durchsonnter Nebel schwebte über Wien. Verschlafen wartete die Stadt darauf, geweckt zu werden. Hoch ragte über alle Gebäude der spitze Turm von St. Stephan. Mit allen seinen Glocken rief er: »Kommt, kommt, kommt! Wir warten auf euch, ihr lieben Frauen, Männer und Kinder!«

Aus den von Kerzenlicht schwach bestrahlten Kirchen kamen die ersten Besucher. Sie hatten bei der stillen Messe gebetet.

Zwei hohe, prächtig gebaute Grauschimmel trabten flott über die Kärntnerstraße und bogen links in den Ring ein. Die Fahrzügel spielerisch in der Hand, führte der Kutscher das Gespann gegen Hietzing zu. Eine lange Nacht hatte er mit den Pferden auf seinen Herrn, Dr. Felix von Rotweil, warten müssen, den »schönen Felix«, wie er in den Nachtlokalen von seinen Freunden bei Zechgelagen gerufen wurde. Johann, der Kutscher, war nicht mehr der Jüngste. Er hatte der Familie schon gedient, als Matthias Rotweil, Felix' Vater, noch nicht geadelt war. Damals hatte Matthias Rotweil Schlachtvieh aus Serbien und Ungarn nach Österreich eingeführt. Matthias Rotweil hatte sich zeitlebens den »Baron« verbeten. Er hatte überhaupt nicht geadelt werden wollen. Aber seine Frau Elisabeth, eine geborene Kranberger aus Znaim, hatte darauf bestanden. Sie hatte unbedingt Frau Baronin werden wollen. Hunderttausend Gulden hatte Matthias Rotweil zahlen müssen. Von diesem Geld waren die Kunstakademie, das Rote Kreuz, verarmte adelige Kinder und ein Denkmalkomitee unterstützt worden. Dafür wurde Matthias Rotweil von allerhöchster Stelle in den Adelsstand erhoben.

Doch Vater Rotweil hatte sich seine hunderttausend Gulden wieder zurückgeholt. Von dem Tag an, da er Baron geworden war, hatte er auf jedes Kilogramm der Mastochsen, Kälber und Schweine, die er verkaufte, einen kupfernen Kreuzer aufgeschlagen. Der adelige Viehhändler Matthias Rotweil hatte seinem Sohn Felix vier Millionen Kronen hinterlassen. Felix war einer von den Muttersöhnchen aus reichen Handelshäusern geworden, deren Väter den Grundstock zum Vermögen gelegt hatten, ohne zu ahnen, daß ihre Sprößlinge das so schwer erarbeitete Geld leichtsinnig verbrauchen würden.

Viele solcher Söhne aus gutem Hause gab es im Wien von 1913. Sie wollten es den jungen Aristokraten gleichtun. Große Vermögen erwarben die Wiener Kaufleute und Fabrikanten, denn es hatte ja fünfundvierzig Jahre lang keinen Krieg gegeben. Überall blühte Glück und Wohlstand. Die Bürgersöhne kauften sich in teure Kavallerieregimenter ein. Allerdings wurden sie dort von den aristokratischen Regimentskameraden nur als Geldverleiher geduldet.

Felix von Rotweil, der aufgrund seiner ungenügenden Kenntnisse keine Schulprüfung bestand, hatte sich von Privatlehrern unterrichten lassen. Sein Reichtum und seine guten Beziehungen zu Staatsstellen ermöglichten es, daß er eines Tages zum Doktor der Philosophie promovierte. Seine Eitelkeit verlangte möglichst viele Mensuren, um zu dekorativen Schmissen zu kommen.

Er war skrupellos. Er machte den Bräuten seiner Kameraden Geschenke und verfolgte sie mit Beteuerungen, so lange, bis sie ihm gefügig waren. Wenn er einer Verführten überdrüssig war, gab er sie weiter.

Felix von Rotweil stand gerade im dreißigsten Lebensjahr. Bis Vera Degenwart in sein Leben getreten war, hatte er seine Tage mit Schlafen verbracht – nur Pferderennen hatten ihn davon abhalten können – und die Nächte mit Trinken, Spielen, Tanzen, Amüsieren. Jetzt glaubte Felix, in Vera Degenwart verliebt zu sein.

Vera Degenwart wohnte im Palais ihres Vaters, des Grafen Amadeus Degenwart von und zu Wiesendeut, Inhaber vieler Orden und Herrenhausmitglied. Achtzehn Jahre zählte die Komtesse Vera. Mutterlos war sie im Ausland aufgewachsen. Graf Degenwart liebte seine Tochter, aber er kannte sie kaum.

Graf Degenwarts Flüche waren in der österreichisch-ungarischen Monarchie berühmt. Er konnte Soldaten, Jäger und Knechte in Verlegenheit bringen, wenn er Anekdoten aus seiner Jugendzeit zum besten gab.

Vera wußte, als sie aus dem Pensionat in ihr Vaterhaus kam, nichts vom Leben. Die Außenwelt war ihr fremd. Immer war sie von Verwandten betreut und mit gleichaltrigen Kameradinnen ihrer Kreise zusammen gewesen. Stolz und schön war Vera, als sie in das väterliche Palais einzog. Bald darauf war sie die Herrin. Die Dienerschaft holte sich ihre Befehle bei der Komtesse. Paris, Sacré Cœur, Pensionatsfreundinnen waren rasch vergessen. Vera genoß es, endlich wieder zu Hause zu sein. Sie wußte nicht, daß ihr Vater das Palais und seine Güter bis zum letzten Ziegel verpfändet hatte. Der alte Graf Degenwart hatte üppig drauflos gelebt. Geld hatte bei ihm nie eine Rolle gespielt.

Eines Tages sagte Graf Degenwart zu seiner Tochter: »Du bist ein fesches Mädel, gerade gewachsen, hast anständige Ahnen, wenn sie auch früher sicher Raubritter waren, und ich bin immerhin Herrenhausmitglied. Du wirst also jetzt schnell heiraten. Es muß ja nicht einer von unseren Verwandten sein, nein, nein! Du sollst einen heiraten, der dir gefällt und genügend Geld hat, damit du und wir standesgemäß leben können.«

Vera hatte ihrem Vater erstaunt geantwortet: »Ich heirate den Mann, den ich liebe, von ganzem Herzen liebe.«

Einige Monate später stellte Graf Degenwart auf einem Wohltätigkeitsfest Doktor Felix von Rotweil seiner Tochter vor. Vera konstatierte, daß Felix elegant war, gut tanzte und ihr Worte zuflüsterte, die sie bisher nur aus Romanen kannte. Am nächsten Tag ritten beide aus. Wenige Monate später fand im kleinsten Kreis der Familie die Verlobung zwischen Komtesse Vera und Felix von Rotweil statt.

Vera konnte nicht unterscheiden, ob die Gefühle ihres Bräutigams bloß der Verehrung oder der Glut eines Liebenden entsprangen. Sie hatte viel über die Liebe gelesen und auch in stillen Stunden von der Liebe geträumt. Nur wenige Mädchen ahnten, ob der zukünftige Ehegatte der Richtige war. Vera legte ihr junges Leben vertrauensvoll in seine Hände und erwartete von Felix, daß er sie stürmisch in die Arme nehme.

Er tat es nicht.

Er wollte Vera nicht den anderen Frauen gleichsetzen, die er gewissenlos erobert hatte. Ihm schmeichelte auch, daß er die schöne Wiener Komtesse – so wurde Vera in ihren Kreisen genannt – zur Frau bekam. Felix spürte, daß Vera kein willenloses Spielzeug sein würde, er glaubte jedoch, sie zähmen zu können. Sie würde langsam beigeben. Er würde sie so formen, wie er sie haben wollte.

Bald sollte Hochzeit sein, die Wiener sollten staunen über die Pracht der Vorbereitungen.

Felix lehnte sich im Fond des mit grauer Seide gefütterten Coupés zurück. Die angerauchte Zigarette schmeckte ihm nicht. In weitem Bogen warf er sie auf das Straßenpflaster. Ein kleiner geschliffener Spiegel hing ihm gegenüber. Er sah darin sein Bild, ein graues, müdes Gesicht, verlebte Züge. Über die Lippen hing ihm der Schnurrbart; gestern war er vom Friseur mit der Brennschere stolz aufgerichtet worden. Am Frack klebten Konfetti. Alles roch nach kaltem Rauch, Cognac, Rosenparfüm. Zerknittert hing der Frack an seinem Körper.

Er rief durch das offene Wagenfenster: »Johann, wie spät ist's?«

»Halb sieben!«

»So spät schon?«

»Jawohl, Herr Baron.«

»Fahren Sie schneller! Wann erwartet uns mein Schwiegervater?«

»Um elf Uhr, Herr Baron! Die gnädige Komtesse muß um ein Uhr mit ihrem Firmling in der Stephanskirche sein!«

»Das auch noch! Firmling! Firmung! Wohltäterin spielen! Womöglich noch soziale Gefühle im Herzen! Ein Kind von der Schneiderin zur Firmung führen! Mit meinem Geld wird Haus und Wappen Degenwart-Wiesendeut renoviert. Eine Baronin Rotweil wird ihre sozialen Ansichten völlig ändern müssen!« Rotweils Gesicht verzog sich. Seine Auffassung von der Ehe war: Der Frau soll sie Schild der Reinheit sein, der Mann hingegen sollte seine eigenen Wege gehen.

Vera bedeutete ihm mehr als alle Frauen, die er bisher gekannt hatte. Dennoch hatte er sich vorgenommen, gleich nach der Hochzeit sein altes Junggesellenleben wieder aufzunehmen. Am vergangenen Abend hatte er noch ein neues Abenteuer begonnen. Rozsi hieß die kleine mollige Balletteuse von der Oper. Im Hotel Sacher war es geschehen. Felix hörte Rozsis Lachen noch, sah ihren gespitzten Mund und wußte, als wäre es erst vor Minuten gewesen, was sie zu ihm gesagt hatte: »Lieber Baron, für ein G'spusi bin ich mir zu gut.« Dann hatte sie ein Glas Champagner leergetrunken und mit weinerlicher Stimme Dummheiten geplappert.

Felix kannte solche moralischen Anwandlungen. Viele Mädchen hatten zuerst geweint und waren dann doch seine Geliebten geworden. Er würde morgen der Rozsi einen Korb roter Rosen in die Garderobe schicken, vielleicht auch einen Ring mit einem glitzernden Stein. Dann würde Rozsi bald anderen Sinnes werden. In Gedanken richtete Felix eine Wohnung für Rozsi ein. Es würde wieder ein Absteigequartier sein, wie er schon so viele gehabt hatte. Was würde der Spaß kosten? Zehntausend, vielleicht fünfzehntausend Kronen. Wenn das Verhältnis mit Rozsi aus war, konnte sie die Wohnung behalten. Er würde dann noch mit dem Ballettmeister Wolinsky sprechen, damit die Rozsi Solistin würde. Auch für den Pensionsfond der Ballettmitglieder würde er einen kleinen Beitrag stiften.

Mit Geld glaubte Felix alles ordnen zu können.

Wie war das damals mit der Gretl Schneider, der feschen Sitzkassiererin im Café Central, gewesen? Zuerst hatte sie von ihm nichts wissen wollen und hatte sich geziert, als käme sie aus einem Damenstift. Später hatte sie ohne Bedenken ihr Kind – der Vater war der Klavierspieler Milan Zetkovits gewesen – bei Gericht als das seine ausgegeben. Sein Rechtsanwalt hatte die Angelegenheit geregelt. Die junge Mutter hatte viertausend Kronen im Namen des Herrn Baron Rotweil ausbezahlt bekommen, und Milan Zetkovits hatte endlich seine Sitzkassiererin heiraten können. Mit dem Geld hatten sie sich ein kleines Kaffeehaus in der Neubaugasse gekauft.

Was bedeuteten für Felix viertausend Kronen! Nichts. Oft verlor er im Club in einer Nacht beim Poker zwanzigtausend, und die Gelder, die er seinen aristokratischen Freunden borgte und nie mehr zurückbekam, machten auch große Summen aus.

Das Hufgeklapper der Pferde wurde leiser; der Fahrweg war mit feinem Gartenkies bestreut. Die Pferde fielen in Schritt. Behutsam bremste der Kutscher den Wagen. Ein fast lautloses Zischen mit der Zunge, und die Pferde blieben stehen. Felix gähnte, er war zu Hause und froh, daß er keine Mutter, keinen Vater und keine Geschwister hatte. So war er keinen Fragen ausgesetzt.

Ein Bäckerlehrling trug frischduftende Semmeln und Kipferln in einem feinmaschigen Netzbeutel und grüßte: »Guten Morgen, Herr Baron!«

Dieser kleine Bäckerlehrling war seit vielen Stunden unterwegs, um den Kunden das Gebäck für den Frühstückstisch zu bringen; die Semmeln, braungebrannt, und die Kipferl, goldglänzend, waren knusprig und frisch.

Das Tor der Villa wurde von innen geöffnet, und die Angestellten drängten sich, ihren Herrn zu begrüßen. »Guten Morgen, Herr Baron!«

Alle, die in Rotweils Diensten standen, grüßten dienernd und devot: Schani, der Gärtner; Florian, der Koch; Susi, die alte Köchin; Flora, das Stubenmädchen, und Alois, der Kammerdiener.

Felix hörte die Guten-Morgen-Wünsche, fand es aber nicht der Mühe wert, sie zu erwidern.

Vor den Grauschimmeln blieb er stehen, hielt die Trensen und verlangte von Johann Zucker, legte ihn auf seine Hand und fütterte damit die Pferde.

Zu Johann sagte er kurz: »Vormittag spann die Rappen ein!«

»Jawohl, Herr Baron! Gute Nacht, Herr Baron!« Johann hielt seinen Zylinder in der Hand und blinzelte in die Sonne.

Vom Schönbrunner Tierpark her hörte man Raubvögel laut aufkreischen.

Die große Villa – im Jugendstil – stand in einem herrlich angelegten Park.

Vor dem Parkgitter äugten ein Bub und ein Mädel.

Das Mädel bestaunte die große Villa. »So ein Schloß möchte ich auch haben!«

Der Bub schüttelte mißbilligend seinen Struwelkopf. »Ich nicht! Ich will überhaupt nichts haben, ich geh' zur Marine! Dort gehört die ganze Welt mir! Aber zuerst will ich für meine Mutter ein Automobil bauen, damit sie überall hinfahren kann!«

»Deine Mutter kann ja auch gehen!«

»Nein, meine Mutter kann nicht gehen, sie ist krank!«

Rotweil hatte dieses Gespräch zwar mitgehört, aber doch nichts dabei verspürt. Daß die Sonne soviel Pracht entfalten konnte, sah Felix auch nicht. Sein Frack und das viele Geld ließen nichts an den Menschen Rotweil heran.

»Alois! Heißes Bad, starken Kaffee! Der Schimoschek soll mich massieren. Du rasierst mich. Aber alles rasch, rasch! Was gibt's Neues? Wer war da?«

»Fräulein Gusti war da!«

»Was wollte sie? Rauswerfen!«

Alois war schon lange im Hause Rotweil, schon sehr lange; er konnte sich Felix gegenüber mehr herausnehmen als die anderen Bediensteten. »Fräulein Gusti Dankl hat gesagt, der Herr Doktor ...« — Alois sagte nie: »Herr Baron« — »der Herr Doktor wird doch zehn Minuten Zeit haben. Sie muß Ihnen etwas Wichtiges sagen.«

»Ich hab' für die Gusti keine Zeit mehr. Nicht vorlassen. Ich will von ihr nicht gestört werden, verstanden?«

»Jawohl, Herr Doktor, aber das Fräulein Dankl hat gesagt, wenn der Herr Doktor keine Zeit hat, dann müßte sie zur Komtesse Degenwart gehen.«

»Was!?« Felix unterbrach seinen Diener. »Was will dieses Luder? Zur Komtesse Degenwart will sie gehen? Sozusagen eine Erpressung?«

Untertänigst und bescheiden antwortete Alois: »Entschuldigen Herr Doktor, daß ich meine Meinung zum besten gebe ...«, dabei half er seinem Herrn aus dem Frack, »... Fräulein Dankl hat geglaubt, daß der Herr Doktor sie heiraten werden!«

»Warum hat sie's geglaubt? Weil sie eine dumme Gans ist!«

»Aber Herr Doktor haben dem Fräulein Dankl doch das Heiraten versprochen!«

»Versprochen! Was verspricht man nicht alles im Leben! Was ist schon dabei, wenn man etwas verspricht?«

Alois ließ nicht locker. »Fräulein Dankl war ein anständiges Mädchen!«

»Anständiges Mädchen! Wenn ich das nur höre! Eine Schauspielerin und ein anständiges Mädchen! Hör schon auf mit deinem Lamento! Weil ich ihr das Heiraten versprochen hab', hat sie sich verführen lassen! Nein, nein, Alois, das Fräulein Gusti hat bei mir falsch kalkuliert.«

Alois versuchte seinem Herrn auf andere Weise beizukommen. »Aber, Herr Doktor, vergessen Sie nicht den Skandal, wenn Fräulein Dankl zur Komtesse Vera geht!«

»Machen Sie sich darüber keine Sorgen. Komtesse Vera wird Fräulein Dankl nicht empfangen. Und wenn, dann wird sie ihr kein Wort glauben. Nun Schluß damit. Ich möchte nichts mehr hören von diesem Fräulein Dankl!« Nach einer kurzen Pause sagte Rotweil zu seinem Diener: »Gib mir die Brieftasche!«

Alois nahm sie aus dem Frack. »Bitte, Herr Doktor.«

Felix übergab Alois alles Geld, das er in der Tasche hatte. »Hundert, zweihundert, tausend, tausendeinhundert. Da hast du elfhundert Kronen, gib sie ihr, deinem Fräulein Dankl, und sag ihr, sie soll mich in Ruhe lassen, wenn sie das nächste Mal kommt, verstanden? Ich will jetzt eine Stunde schlafen.«

Doch Alois war nicht zufrieden; das Geld in der Hand, näherte er sich seinem Herrn: »Herr Doktor, ich möchte nur bemerken, daß man nicht immer alles mit Geld machen kann.«

»Doch, Alois, doch! Alles kann man mit Geld erledigen, auch du bist zu bestechen!«

»Ich?« Alois trat betroffen einen Schritt zurück. »Herr Doktor ...«

»Jawohl, Alois, auch du. Ich weiß genau, daß du mich nicht leiden kannst.«

Alois schwieg.

Felix freute sich, seinen Diener in diese Zwickmühle gebracht zu haben. »Nur weil ich dir einen anständigen Lohn zahle, bleibst du bei mir, jawohl, weil man in anderen Häusern Leute deines Schlages und deines Alters schlechter bezahlt, darum bleibst du bei mir und läßt dir meine Launen gefallen. Stimmt's?«

»Herr Doktor, ich bleibe aus einem anderen Grund bei Ihnen!«

»Ach!« Überrascht schaute Felix auf. »Sieh mal an, auf diesen Grund bin ich aber neugierig!«

»Ich habe Ihrer Frau Mama, als sie im Sterben lag, versprochen, Sie nicht allein zu lassen. Ich habe auch dem Herrn Vater – er war stets ein guter Herr zu mir – das Gleiche versprochen. Er hat zu mir gesagt: ›Alois, alter Freund, paß mir auf meinen Buben auf!‹«

Felix zog sich seinen Schlafrock an und stellte sich vor den Spiegel. »Alois, du brauchst dich nicht mehr um mich zu kümmern. Ich brauche keinen Aufpasser, kein Kindermädchen. Du bist entlassen! Verstanden?«

Gesenkten Kopfes stand Alois hinter ihm; wie Keulenschläge trafen ihn diese Worte. »Ich hab's verstanden. Ich wollte schon vor Jahren eine andere Stellung suchen. Doch ich habe Ihren verstorbenen Vater, Herrn Matthias Rotweil, gehört. ›Alois, man muß das gegebene Versprechen halten.‹«

»Sie sprechen von Herrn von Rotweil, Alois!«

»Jawohl, Herr Doktor, von Ihrem Vater, Herrn Matthias Rotweil!«

»Warum sagen Sie immer Matthias Rotweil?«

»Weil es der Verstorbene von mir so wollte. Nur für die Fremden und die Gäste war Herr Matthias Rotweil ›von‹. Ihr Herr Vater und ich waren aus dem gleichen Dorf, wir waren Schulfreunde.«

Felix lachte kurz und hart; es klang wie Glasscherben, die auf einem Steinboden klirrten. »Das sieht meinem alten Herrn wieder ähnlich! Aber trotzdem, Alois, es bleibt dabei: Sie können gehen, wenn die Kündigungsfrist vorbei ist.«

»Jawohl, Herr Doktor, das ist am ersten August.« Alois hob

die Kleidungsstücke auf und hing Rock und Weste auf den Bügel. Nicht leicht fiel ihm das Bücken, war er doch schon siebzig Jahre alt.

Felix ging ins Badezimmer und hantierte an der Brause. Kalt klatschte, Nadelstichen gleich, das Wasser auf seinen Körper, bis die müde, grauweiße Haut auflebte und krebsrot wurde. Daß er seinen treuesten Diener entlassen hatte, verursachte ihm kein Kopfzerbrechen. Was bedeutete für ihn ein treuer Diener – nichts!

Am Rennweg, im Degenwart-Palais, schlug eine kleine bronzene Barockuhr zart die neunte Vormittagsstunde. Im Takt dieser melodischen Klänge ging Komtesse Vera durch die Empfangshalle in das Musikzimmer. Sie kam von ihrem Morgenritt und steckte noch in Stiefeln und Hose. Jeden ihrer bestimmten Schritte begleitete sie mit Auf- und Abschwingen der Reitpeitsche.

Vera hatte einen temperamentvollen Ritt hinter sich. Sehr früh war es in die Praterauen gegangen. Die Kavalkade, zwanzig Reiter und Reiterinnen an der Zahl, war in den erwachenden Tag gejagt. Manches Häslein war ihnen erschrocken über den Weg gelaufen. Veras Pferd, ein guter, nicht allzu frommer Kaltblüter, war an diesem Tag gut in Form gewesen. Vera war als vollendete Reiterin in Sport- und Jagdkreisen bekannt.

In schnellem Tempo hatte sie an diesem Morgen Hindernisse, Bäche, Sträucher und Gehölz überwunden. Nachher hatte sie im »Lusthaus« ein einfaches Frühstück, heiße Milch und eine frische knusprige Kaisersemmel, zu sich genommen. Das Pferd hatte einige Stück Zucker und gleichfalls eine Semmel bekommen.

Vera legte Reitzylinder, Handschuhe und Gerte ab. Goldblondes Haar fiel ihr in den Nacken. Lange stand sie am offenen Fenster. Vor ihren Augen lag in voller Blüte der Belvedère-Garten, das herrliche Schloß Prinz Eugens.

Vera ertappte sich dabei, daß sie seit gestern abend nicht mehr an ihren Bräutigam gedacht hatte. Eine junge Braut, glaubte sie, mußte immer an ihren Bräutigam denken.

Fröhlich, ein »Guten Morgen« auf den Lippen, brachte Susi, das Stubenmädchen, das schon viele Jahre im Hause Degenwart war, einen Korb voll roter Rosen.

Felix hatte seine Blumenhandlung angewiesen, Tag für Tag im Palais Degenwart einen Strauß roter Rosen abzugeben. Diese Aufmerksamkeit war nicht einem inneren Bedürfnis entsprungen, doch er hielt es für passend, seiner gräflichen Braut Blumen zu schicken.

Vera aber glaubte, daß Felix jeden Tag am frühen Morgen in die Blumenhandlung ging, um ihr Blumen auszusuchen.

Alle jungen Mädchen waren eitel, auch Vera. Sie freute sich, weil man über ihre Hochzeit sprach und sie beneidet wurde. Verwandte und Bekannte würden feststellen: Vera und Felix seien ein schönes Paar, sie paßten gut zueinander.

Vera war innerlich kindlich geblieben. Ihr Wesen war charmant und ihr Charakter aufrichtig. Sie kannte weder Puder noch Schminke. Ihre natürliche Schönheit bedurfte keiner Nachhilfe.

Vera blickte aus braunen Augen furchtlos in die Welt. Ihre Sprache war nicht gekünstelt, sondern offen, frei, melodisch. In Gesellschaft vermied sie es, ihre Sprachkenntnisse durch den Gebrauch französischer oder englischer Ausdrücke zu zeigen.

Reiten war ihr Lieblingssport; man konnte nicht selten Komtesse Vera um fünf Uhr morgens im Stall rumoren hören. Am liebsten betreute sie mit dem Burschen die Pferde selbst.

Felix war kein schlechter Reiter, aber er mußte sich zusammennehmen, um neben Veras Reitkunst zu bestehen.

Dieselbe Aufmerksamkeit, mit der Vera ihre gesellschaftlichen Verpflichtungen erfüllte, widmete sie auch der Führung des väterlichen Haushaltes, den sie mit Gründlichkeit und Umsicht leitete. Eine ungarische Köchin, eine böhmische Magd, ein serbischer Pferdebursche und ein kroatischer Kammerdiener waren im Hause Degenwart beschäftigt. Veras Energie und Tatkraft war es zuzuschreiben, daß die lärmenden Gelage, die oft bis in den frühen Morgen hinein gefeiert worden waren, aufgehört hatten.

Graf Degenwart und seine Freunde hatten die kostspielige

Angewohnheit gehabt, wenn sie stark betrunken waren, alles erreichbare Porzellan, ob es nun antik oder modern war, zu zerschlagen. Die Ungarn nannten das »Mulacság« und vergossen dabei Freudentränen. Diesem Treiben hatte Vera ein Ende bereitet.

Es war höchste Zeit, daß wieder Geld in das Palais Degenwart kam. Wie Geier auf Aas, so warteten die Gläubiger auf Degenwarts Palais, Gut und Reitstall.

Als Vera sich verlobt hatte, hatte sie ernste Worte zu ihrem Vater gesprochen: »Ich liebe Felix von Rotweil nicht. Nur deiner Schulden wegen habe ich seine Werbung angenommen.«

Binkelmann und Beutel, zwei Juden, gaben immer weiter Geld, als sie hörten, Felix von Rotweil werde Degenwarts Schwiegersohn. Rotweils Geld, Rotweils Ringstraßenhäuser waren pures Gold.

Schon lange war Graf Degenwart in Rotweils Schuld. Felix wußte um die Vermögensverhältnisse im Hause Degenwart. Er hatte Vermögen genug und brauchte für seinen jungen Adel nur noch eine Braut, eine Komtesse, aus dem Hause Degenwart. Dann war Rotweil mit dem gesamten niederösterreichischen Adel verschwägert.

Vera wußte nichts von Rotweils Privatleben. Sie ahnte überhaupt nicht viel von dem, was in der Welt vorging. Die Mädchen aus der Aristokratie oder aus den reichen Patrizierhäusern wußten nichts von der Vergangenheit ihrer Verlobten. Sie wußten nur das, was ihnen ihre Eltern erzählten. Keine Mutter, kein Verwandter, kein Vater hielt es für notwendig, die Tochter, die Braut über ihre Aufgaben in der Ehe aufzuklären. Bei der Verlobung weinte die Mutter um ihr Kind, das Kind um die Eltern und die Puppenstube. Der Vater war meist schlechter Laune, weil er für Aussteuer und Mitgift aufzukommen hatte. Über das Vorleben des zukünftigen Ehemannes, dem man sein Kind auf Lebenszeit anvertraute, sprach niemand. Hatte er Schulden, so war er ein schneidiger flotter Kerl; exzedierte er, so war er ein Draufgänger und kein Feigling. Über die Fehler des zukünftigen Schwiegersohnes wurde nur im engsten Familienkreis unter Ausschluß der Braut diskutiert. Die junge

Braut verharrte bis zum Tag ihrer Hochzeit in gänzlicher Unwissenheit.

Auch Vera wußte nicht viel von ihrem Bräutigam. Wenn er kam, küßte er ritterlich ihre Hand und brachte ihr Konfekt und Blumen. Allein waren beide selten, meistens war die Verwandtschaft, die Pallazanis, die Komanoskys, die Burgstedts, die Warnsdorfs, zugegen.

Vera freute sich über diesen herrlichen Pfingstsonntag. Zum erstenmal würde sie Firmpatin sein. Sie wollte die kleine Resi Vierthaler, die Tochter ihrer Hausschneiderin, in die Stephanskirche zur Firmung führen.

Aufgeregt gab sie dem Kutscher den Befehl, die zwei Rappen vor den offenen Viktoria-Wagen zu spannen. Über und über sollte der Wagen mit Vergißmeinnicht geschmückt werden.

Das junge Mädchen hatte sich von ihrem Vater die Erlaubnis geholt, nach der Kirchenfeier mit ihrem Firmling in den Prater zu fahren.

Großzügig hatte ihr Vater Vera fünf Zwanzigkronenstücke in Gold in die Hand gedrückt. »Unterhalte dich gut!«

Graf Degenwart war ein Lebemann alter Schule. Er verstand zu schenken und Geld auszugeben, obwohl es schon längst nicht mehr sein Geld war.

Die Geschenke für den Firmling hatte Vera selber ausgesucht und gekauft: eine kleine goldene Uhr an einer langen Kette, ein in Leder gebundenes Gebetbuch mit Goldschnitt, Taschentücher, ein weißes Spitzenkleidchen, ein dünnes goldenes Kettchen mit einem Kleeblatt als Anhänger und zwei große Sachertorten, in die sie zwei ungarische Golddukaten einbacken ließ. Zuletzt legte Vera ihre kleine Perlmutterhandtasche, die sie aus Paris mitgebracht hatte, dazu. Hundert Kronen durften sie im Prater ausgeben. Lustig sollte es werden.

Sie dachte an ihre eigene Firmung zurück.

Viele Jahre waren vergangen, seit Vera in Paris in der Notre-Dame-Kathedrale von Verwandten einer Degenwart-Seitenlinie, die schon im 17. Jahrhundert einem französischen König gedient hatte, zur Firmung geführt worden war. Vera konnte sich genau erinnern, daß sie damals, zehnjährig, die anderen

Kinder beneidet hatte, die nach der Firmungszeremonie fröhlich sein durften. Für sie war die Weihe kein lustiges Fest gewesen. Sie mußte von früh bis abends danken, knicksen und fremden Leuten die Hände küssen. Keiner von der Verwandtschaft dachte daran, daß die kleine Vera gerne Karussell gefahren und auf einem Pony geritten wäre.

Heute durfte sie Glück und Freude spenden; heute durfte sie mit ihrem Patenkind fröhlich und lustig sein. Stolz würde sie mit der kleinen Resi in den Prater fahren.

Das Stubenmädchen meldete, daß in der Halle ein Fräulein Dankl warte und unbedingt Komtesse Vera sprechen wolle.

»Ich kenne kein Fräulein Dankl, habe den Namen noch nie gehört. Was will die Dame von mir?«

Susi stotterte und suchte nach Worten: »Das weiß ich nicht, aber das Fräulein hat geweint und hat mich gebeten ... so sehr hat sie mich gebeten!« Susi unterstrich ihre Worte, indem sie die Arme zum Himmel hob. »Ich soll sie unbedingt bei Ihnen melden, es sei sehr wichtig. Mich hat die arme Person erbarmt, darum, bitte, sprechen Sie mit ihr!«

Einen Augenblick überlegte Vera, dann ging sie an Susi vorbei durch zwei große Zimmer in die Halle.

Die Hände auf einen großen Lehnstuhl gestützt, stand Fräulein Dankl da.

Vera trat nahe an sie heran und bat sie, Platz zu nehmen. »Sie wollen mich sprechen – bitte!« Verwundert stellte Vera fest, daß die Dame, die sich ängstlich setzte, kaum älter war als sie. Das englische Kostüm paßte gut zu ihrem Typ; sie war schlank und hatte ein schmales, blasses Gesicht. Ein schlichter Goldreif, den ein länglicher Rubin schmückte, leuchtete auffallend an ihrer Hand.

Sie reckte das Kinn, und es war ihr anzumerken, daß es sie Überwindung kostete zu sprechen. »Ich heiße Gusti Dankl. Doktor Felix von Rotweil hat mir die Ehe versprochen!«

Vera war nicht erschrocken, doch erstaunt, und sie versuchte sekundenschnell, diese Überraschung nicht merken zu lassen. Das alte Blut der Degenwarts und ihre Erziehung kamen ihr jetzt zugute; im Leben durfte man versagen, aber niemals die

Fassung verlieren.

»Was soll diese Mitteilung, Fräulein Dankl? Scherz oder Erpressung?«

»Nichts von beiden, Komtesse. Ich habe ein Recht auf Felix.«

Vera wandte sich zur Seite, als befände sie sich allein in der großen Halle, und während ihre Blicke sich auf einen Gobelin hefteten, der an der Wand hing, fragte sie: »Worin besteht Ihr Recht? Waren Sie Herrn von Rotweils Geliebte?«

»Mein Recht?! Ich erwarte ein Kind! Felix ist der Vater!«

»Ein Kind?« wiederholte Vera. Ihr Körper wurde gefühllos, alles Denken schwand, aber die Ohnmacht, die sie ersehnte, blieb aus. »Sie werden Mutter?« fragte sie tonlos; dann riß sie sich zusammen und wendete sich wieder dem Besuch zu. »Fräulein Dankl, Sie beleidigen meinen Bräutigam!«

Vera wollte Felix in Schutz nehmen, Felix, ihren zukünftigen Mann. Sie ärgerte sich, daß sie dieses Mädchen überhaupt empfangen hatte. »Gehen Sie, bitte!«

Gusti Dankl sank ohnmächtig von ihrem Stuhl.

»Susi! Susi!« rief Vera. »Schnell, Wasser! Mein Riechsalz!«

Susi stürzte erschrocken herein, schlug die Hände zusammen, lief hin und her, bis sie das Verlangte gefunden hatte. »Was ist denn passiert, um Gottes willen!?«

Vera hörte eine Stimme: »Ich habe ein Recht auf Herrn von Rotweil!« Wer hatte gesprochen? Niemand außer Susi und ihr waren im Zimmer. Deutlich hatte Vera die Worte gehört. Sie legte die Hand auf ihr Herz; es schlug schnell und ungestüm, es schmerzte.

»Fräulein Dankl!« Vera wollte die Unglückliche aus der Ohnmacht zurückrufen; sanft schlug sie die bleichen Wangen der Kranken. »Fräulein Dankl, verzeihen Sie, daß ich Ihren Worten nicht geglaubt habe!«

Riechsalz und kaltes Wasser brachten die Ohnmächtige zu sich. Vera und Susi richteten sie wieder auf und setzten sie in den Lehnstuhl.

Aufgeregt jammerte das Stubenmädchen: »Soll ich einen Arzt holen?«

»Nein, Susi, kein Aufsehen. Fräulein Dankl geht es schon besser. Sie können gehen, Susi. Lassen Sie sofort einen geschlossenen Wagen vorfahren. Sagen Sie meinem Vater, daß ich bald nach Hause komme, ich fahre Fräulein Dankl in ihre Wohnung.«

Gusti Dankl fühlte das ehrliche Mitempfinden. »Sie sind so gut, Komtesse!«

»Ich bin nicht gut, ich will nur gerecht sein. Glauben Sie mir, Fräulein Dankl, was in meiner Macht steht, soll geschehen. Ihr Recht ist ab heute auch mein Recht. Weiß Felix, daß Sie hier sind?«

»Nein! Er darf es auch nie erfahren!«

»Doch, doch! Er wird es bald erfahren!«

»Er wird auf mich böse sein!«

»Weiß er, in welchem Zustand Sie sind?«

»Nein. Meine Briefe liest er nicht, und er geht jeder Aussprache aus dem Weg!«

»Und trotzdem lieben Sie ihn?«

»Er war der erste Mann, dem ich meine Liebe geschenkt habe.«

»Hat er Ihnen wirklich die Ehe versprochen?«

Einen Augenblick schloß Gusti Dankl die Augen. »Ja, er hat mir die Ehe versprochen, anfangs, aber später hat er das Versprechen abgestritten. Er könne nur standesgemäß heiraten, hat er gesagt.«

Vera fragte weiter. Sie wollte der Wahrheit auf den Grund kommen. Nicht mehr die verwöhnte Komtesse, die vom Leben nichts wußte, stand vor der betrogenen Mitschwester. Vera war in dieser Stunde zur Frau gereift.

»Hat er Ihnen von mir erzählt?«

»Ja.«

»Warum sind Sie dann nicht früher zu mir gekommen?«

Gusti Dankl hob die Schultern und ließ sie apathisch wieder fallen. »Ich wollte mein Leben wegwerfen. Erst als ich spürte, daß ich schwanger war, fand ich wieder den Mut zu leben, darum kam ich zu Ihnen.«

Der Wagen fuhr schnell über die Landstraßer Hauptstraße bis in die Jodokgasse, wo er vor einem kleinen Häuschen hielt, das eingekeilt zwischen vielen anderen großen stand.

Vera und Gusti gingen über ausgetretene Stufen, schmale Gänge, die von Efeu und wildem Wein überwuchert waren, bis zu einer kleinen Wohnungstür. In schmaler, verschnörkelter Schrift stand auf einem ovalen Porzellanschild: »Amalia Dankl, Amtssekretärswitwe.«

Gusti Dankl wohnte bei ihrer Tante. Sie hatte keine Eltern mehr. Ihr Vater war bei einem Unglück in der Grazer Maschinenfabrik tödlich verletzt worden. Die Mutter war in einer Anstalt in Mödling an einem unheilbaren Leiden gestorben. Zwei Brüder verdienten rechtschaffen ihr Brot, der eine als Handwerker, der andere als Beamter.

Gusti Dankls Zimmer war vollgestopft mit Konfitürenschachteln und Blumenkörben. Vera kannte die Art ihres Verlobten, einer Frau den Hof zu machen. Fotografien, Felix in vielen Posen zeigend, standen herum.

Tante Amalia, verhutzelt und sehr alt, mit spitzer Nase und einer Brille darauf, kam herein: »Sind Sie die Freundin von Gusti? Sie müssen mir helfen. Seit vierzehn Tagen hat das Mädel keinen Appetit, aussehen tut sie wie eine Vogelscheuche. Und sie will zu keinem Arzt gehen. Sicher hat sie die Bleichsucht!« Nach Art der alten, tratschsüchtigen Frauen tuschelte sie Vera ins Ohr: »Oder sie braucht einen Mann. Heiraten muß sie, stimmt's? Hab' ich recht?«

Trotz der ernsten Situation mußte Vera lachen; gerne hätte sie Tante Amalia aufgeklärt, warum die Nichte Gusti in der letzten Zeit so blaß geworden war.

»Bitte, helfen Sie mir, daß die Gusti wieder ordentlich ißt. Ich sag' immer: Essen hält Leib und Seele zusammen.«

Vera ließ den albernen Wortschwall, der immer sinnloser wurde, über sich ergehen. Sie wunderte sich selbst über ihre Haltung. Noch nie hatte sie sich in einer solchen Situation befunden. Es war ihr aber, als wäre ihr nichts fremd. Das war das wirkliche Leben. Wenn das Glück kam, breitete man die Arme aus, um es zu empfangen. Das Unglück mußte ertragen werden.

Vera erklärte der Tante: »Das Fräulein muß verreisen. Am besten in die Steiermark. In einem ruhigen Dorf wird sie bestimmt wieder Appetit und Freude bekommen.«

Glücklich über diesen Vorschlag trippelte Tante Amalia unter Dankesbezeugungen in die Küche. Dort am heißen Herd stand vom frühen Morgen bis spät in die Nacht die Karlsbader Kaffeemaschine mit warmem Kaffee.

»Fräulein Dankl, ich will Ihre Freundin sein«, sagte Vera herzlich; im letzten Moment noch konnte sie verhindern, daß Gusti ihr die Hand küßte. »Sie sollen nicht demütig sein! Sie tragen ein Kind unter dem Herzen. Ich werde mit Felix sprechen. Sollten Sie und er nicht heiraten, dann werden Sie als ledige Mutter das Kind zur Welt bringen, und es wird Ihnen Trost und Freude bedeuten. Sie müssen jetzt tapfer sein, versprechen Sie mir das?«

Vera spürte, daß sie Worte gesprochen hatte, deren Sinn sie vor wenigen Stunden nicht gekannt hatte. »Das Kind wird Ihnen Trost und Freude bedeuten.« Wo hatte sie diese Worte gehört? In diesem Augenblick wußte sie, daß alles Gnade war. Daß die Menschen von höheren Schicksalen geführt wurden. Zum erstenmal in ihrem Leben hatte sie selber einen großen Augenblick erlebt.

Gusti Dankl fragte demütig: »Lieben Sie Felix sehr?«

»Nein!« Vera wußte es bestimmt. »Ich liebe ihn nicht und werde ihn nie lieben können!«

Gusti Dankl konnte Veras Worte kaum fassen. »Kennen Sie die Liebe?«

Vera antwortete mit einem klaren: »Nein!«

»Waren Sie denn noch nie glücklich?«

Vera antwortete nicht, sondern stellte eine Gegenfrage: »Waren Sie glücklich?«

»Ja, ich war glücklich. Wir Mädel aus dem Volk, wir haben ja nicht viel mehr als die Liebe!«

Vera lachte; erlösend war ihr Lachen. »Sie glauben, daß wir Mädchen aus adeligen Häusern mehr vom Leben haben? Liebes Fräulein Dankl, uns bietet es genauso wenig wie Ihnen. Nur wenn ein Mann kommt und uns in den Himmel hebt ...« Sie unterbrach sich. »Aber nun auf Wiedersehen, Fräulein Dankl. Tapfer sein, Kopf hoch! Fort mit den Tränen, eine glückliche Frau darf nicht weinen, die muß lachen. Und Sie sind ja glücklich ...«

Zaghaft fragte Gusti: »Glauben Sie, daß Felix mir böse ist?«

Vera verstand diese Frau nicht. »Warum sollte er? Sie dürfen ihm nicht verzeihen. Sie müssen standhaft sein. Er muß sooo klein werden!« Dabei zeigte Vera mit Daumen und Zeigefinger, wie klein Felix von Rotweil werden mußte. »Auf Wiedersehen, Fräulein Dankl!«

Die kleine Glastür mit dem Schild »Amalia Dankl, Amtssekretärswitwe« fiel ins Schloß. Ein leises Klirren klang Vera nach. Sie lief über die Stiege, schaute nicht rechts, nicht links. In ihr war es leer.

Eine Stunde später hatte der Frühlingssonntag sein schönstes Kleid angelegt. Unzählige Menschen ergingen sich in Straßen, Gassen, Plätzen, strömten zur Kirche, zum Wirtshaus, zum Prater, zur Donau. Blumengeschmückt fuhren ein- und zweispännige Wagen, mit Schimmel, Rappen, Braunen bespannt, lautlos oder klappernd dahin. Firmlinge, Buben und Mädchen, in ihren neuen Kleidern, stolzierten vor den Haustoren auf und ab und warteten auf das Kommende.

Die großen Uhren auf den Kirchtürmen zeigten die elfte Stunde.

Pünktlich war Felix von Rotweil bei Degenwarts vorgefahren. Hocherhobenen Hauptes - die verbummelte Nacht war verscheucht - ließ er sich melden.

Graf Degenwart empfing ihn sofort mit lachend lauter Stimme. »Na, Felix, hab' tolle Dinge über dich gehört. Hast ja gestern im Club hoch gepokert. Ausgerechnet an den Pallazani hast verspielt. Dieser Kerl kann Geld gar nicht brauchen, hat selber mehr als Verstand. Bist ausgeschlafen oder noch verbummelt? Na, komm her, trinken wir einen Schluck Cognac!«

In großen Gläsern servierte Degenwart das goldbraune, starkduftende Getränk. Gegenseitig prosteten sie sich zu und tranken mit einem Zug die Gläser leer.

Der zu rasch getrunkene Alkohol machte Graf Degenwart sentimental. »Felix, was ich sagen wollte... mach mir mein Mädel glücklich. Ich habe ihr gegenüber ein schlechtes Gewissen. Erstens hab' ich das Geld, das meine Frau, ihre Mutter, dem Kind zurückgelassen hat, verspielt. Und daß du mir Geld gepumpt hast, weiß Vera auch noch nicht.«

Lachend, mit großer Geste, wehrte Felix ab. »Geldgeschichten sind Männersache. Damit haben Frauen nichts zu tun. Prost!«

Sie tranken noch zwei volle Gläser leer. Dann kam Vera. Sie hatte sich schon zum Fortgehen umgezogen. In einem pastellblauen Stilkleid, um die Taille ein altrosa Samtband, sah sie wunderschön aus.

Vera überging Felix, der ihr lächelnd entgegenkam; auch ihre Hand reichte sie ihm nicht.

Ihren Vater küßte sie auf beide Wangen. »Guten Morgen, Vater! Du solltest doch deinen Sauerbrunnen trinken! Oder hast du vergessen, was Doktor Wipplinger verordnet hat? An dein Sodbrennen, deine Nierensteine, deine Galle denkst du nicht?«

Stolz bewunderte Graf Degenwart seine Tochter. »Na, na, hör schon auf damit!«

Felix machte sich bemerkbar: »Küß die Hand, Vera!«

»Guten Morgen, Herr von Rotweil!«

Graf Degenwart glaubte schlecht gehört zu haben. »Was ist denn los, habt ihr euch gezankt?«

Vera zog hellblaue Spitzenhandschuhe über. »Warum gezankt, lieber Vater? Für Fremde habe ich keine andere Anrede!«

Verärgert wandte sich Felix an den Grafen. »Ich verstehe Vera nicht, was soll das?«

Graf Degenwart zuckte die Achseln. »Keine Ahnung!«

»Lieber Vater, du bist ja immer ahnungslos. Du lebst in den Tag hinein, kümmerst dich höchstens um deine Pferde und deinen Club. Oder hast du mich schon gefragt, ob ich mit Herrn von Rotweil glücklich sein könnte? Du hast mich nicht gefragt. Niemand hat mich gefragt. Ich mich auch nicht. Heute weiß ich, daß ich keinen Mann lieben kann, der mich so sehr belogen hat!«

Felix wollte sich Vera nähern.

Mit beiden Händen stieß sie ihn zurück. »Sparen Sie sich jede Mühe, Baron! Vor allem, kümmern Sie sich zuerst um Ihren Sprößling, den Ihnen Fräulein Gusti Dankl bald schenken wird. Leider kann ich Mutter und Kind nicht beglückwünschen. Unser Haus werden Sie wohl von heute an nicht mehr betreten. Adieu!« Ohne sich um ihren Vater und Felix zu kümmern, verließ Vera den Raum; an der Tür sagte sie abschließend: »Ich werde Sie nicht heiraten, Herr von Rotweil ...«

In ihrem Zimmer drehte Vera zweimal den Schlüssel im Schloß um. Aus einem Leierkasten klang eine Melodie zu ihr herauf, Kinderstimmen begleiteten das Lied. »Ich kannte einst ein stilles Plätzchen, wo ungestört man ruhen kann ...«

Vera erinnerte sich einer Stelle in einem Buch, in dem es hieß, daß blinde Menschen alles mit ihrem Herzen sahen.

Sie spürte schmerzhaft, daß sie ganz allein war. Wie so oft dachte sie an ihre verstorbene Mutter. Nur sie würde sie jetzt verstanden haben.

Graf Degenwart und Felix von Rotweil hatten sich schnell geeinigt.

Ohne Umschweife und ohne Zerknirschung gab Felix zu, mit Gusti Dankl ein Verhältnis gehabt zu haben. »Lieber Schwiegervater, du wirst bestimmt Verständnis dafür haben.«

Graf Degenwart, der seine Zigarre kaute und den Rauch nach jedem Zug nervös auspaffte, antwortete: »Ich schon! Aber vergiß nicht, daß Vera von den Männern und der Welt nichts weiß. Die Enthüllungen dieser Dankl sind ihr sicher nahegegangen.«

Boshaft bemerkte Felix: »Vera wird vieles nicht wissen. Auch nicht, daß du völlig verschuldet bist. Daß kein Ziegel an diesem Haus dir gehört.«

Empört über diesen Ton entgegnete Degenwart: »Mit meinem Namen bin ich noch immer in der Lage, Geld zu beschaffen.«

»Entschuldige, lieber Schwiegerpapa, wenn ich widerspreche. Du bist pleite ... völlig pleite. Nur ich kann dich retten, ich allein. Reg dich nicht auf. Du wirst mit Vera sprechen. Morgen komme ich wieder. Ich hoffe, daß Vera mittlerweile vernünftig geworden ist. Auf Wiedersehen, lieber Schwiegerpapa!«

Von allen Kirchen Wiens schlugen die Glocken die Mittagsstunde. Auf festlich gedeckten Tischen standen volle Teller, in den Gläsern schäumte Bier oder perlte blumiger Wein. Vor Aufregung konnten die Firmlinge die herrlichen Leckerbissen kaum essen; und die Eltern zitterten, daß das neue Kleid oder der neue Anzug beschmutzt werden könnte.

Auf den Kutschböcken schnalzten die Fahrer mit den langen Peitschen. Mit fröhlichen Worten luden sie die Vorübergehenden zu einer Fahrt ein. Die Sonne stand senkrecht über der Stadt und brannte heiß herab.

Vor den Uhrengeschäften standen die Firmpaten mit den ihnen anvertrauten Firmlingen, die stolz und gewichtig ihre neuen Uhren mit den im Schaufenster stehenden Chronometern verglichen.

Plötzlich drehten sich die Passanten um.

»Was ist denn los? Wo brennt's denn?«

»Nirgends brennt's! Die Deutschmeister kommen!«

Die Regimentskapelle des Wiener Hausregiments Hoch- und Deutschmeister Numero vier marschierten in schmucken Uniformen die Praterstraße entlang.

Burschen und Mädel, auch solche unter ihnen, die der Wiener Volksmund als »Plattenbrüder« und »Pülcher« bezeichnete, kamen von der Schmelz, einem äußeren Wiener Bezirk, und begleiteten die Regimentskapelle.

Die Tschinellen schmetterten, und die Hörner klangen; die Flöten setzten ein, und die Trommeln wirbelten dazu. Waldhörner und Posaunen hielten nicht zurück.

An der Spitze der Musikkapelle marschierte der Regimentstambour. Er trug eine breite Goldschärpe um die Brust, in der rechten Hand hielt er, wie ein Schwert, einen Stab mit goldgelbem Knauf. Wenn er diesen Stab hob, so bedeutete das für die Musiker das Signal »Achtung« – eine Melodie hörte auf, eine andere setzte ein.

Die Gesichter der Regimentsmusiker waren braun gebrannt. Einige waren bartlos, die meisten aber trugen stolz ihren fadendünnen aufgezwirbelten Schnurrbart.

Beliebt, bekannt, berühmt, marschierte die Deutschmeisterkapelle zum Nachmittagskonzert in das ›Dritte Kaffeehaus‹ in der Praterallee.

Breiter und wogender wurde die Menschenmenge. Die berittenen Polizisten auf hohen Schimmeln hatten große Mühe, die breite Straße freizuhalten. Erwachsene, Buben, Mädchen und Firmlinge blieben mit offenem Mund stehen und starrten auf das prächtige Bild.

»Tschingdarassabumbumbum...« Der Regimentstambour hob die Hand; nun wirbelten die Trommler mit den Hölzern auf die Kalbfelle. »Taramtaramtaramtatatatam.« Ein Hornist setzte ein, die Wiener Plattenbrüder pfiffen mit, und die Mädchen, die sich diesen Burschen angeschlossen hatten, sangen übermütig: »Tatara hat Äpfel d'stohl'n, tatara, ich auch – Tatara ist ein'sperrt word'n, tatara, ich auch.«

Marsch, marsch, marsch, eins-zwei, eins-zwei, eins-zwei. Die Kommißschuhe knallten auf dem holprigen Pflaster.

Weit offen waren die Fenster. Bürger und ihre Frauen lehnten sich über die Gesimse. An den großen Kaffeehausfenstern standen gelangweilt und schlecht gelaunt Oberkellner, Kellner und Pikkolo, weil sie an diesem Tag kein Geschäft machen würden. Ihre Gäste wanderten in den Prater oder hatten andere Ausflüge geplant. An einem Pfingstsonntag hielt es niemand in der Stadt.

Die dienstbaren Geister, die Köchinnen und Stubenmädchen, hatten sich schön herausgeputzt. Auf diesen Tag hatten sie sich schon lange gefreut, ihren Ausgang hatten sie auf diesen Sonntag verlegt. Jetzt stolzierten sie, einen Schirm unter dem Arm, an der Seite ihres zukünftigen Mannes oder eines Bekannten. Alle Soldaten, die in Wien in Garnison lagen, hatten ihre Liebste. Die eine war Köchin, die andere Verkäuferin, die dritte Hilfsarbeiterin in einer Fabrik oder Kindermädchen bei den feinen Herrschaften. Alle diese jungen Menschen freuten sich über diesen Nachmittag. Was sich da in die Hauptallee zur Reichsbrücke drängte, war überglücklich. Fest faßten die Soldaten ihre Liebste unter dem Arm und rückten die Kappe schief ins Gesicht. Die Zigarette oder Virginiazigarre steckte keck hinter dem Ohr, Gespräche schwirrten durcheinander:

»Hast mich betrogen, Karli?«

»Gerade so viel wie du mich!«

»Ich bin dir treu!«

»Dann bin ich dir auch treu!«

Ein anderes Liebespaar hatte andere Sorgen, er hielt sie um die Mitte und glaubte, niemand merke es ihm an, daß er verliebt war. »Wie lang hast du von deiner Gnädigen Ausgang gekriegt?«

»Bis um sieben Uhr.«

»Was? Nur bis um sieben? Da ist's ja noch gar nicht finster!«

»Freilich nicht! Warum soll's denn schon finster sein?«

»Frag nicht so dumm! Ich kann doch nicht am hellichten Tag mit dir ins Gebüsch gehn!«

»Was willst denn mit mir im Gebüsch?« fragte sie scheinheilig und neugierig und zitterte vor der Antwort.

»Das wirst du noch früh genug sehen! Aber es ist vielleicht besser, du kommst mit mir aufs Zimmer. Meine Zimmerfrau hat gesagt, sie möcht' endlich das Mädel kennenlernen, mit dem ich immer zusammen bin!«

Das verliebte Mädchen zierte sich. »Meine Mutter hat mir aber streng verboten, ich soll mit keinem Mann in die Wohnung gehen.«

»Bei mir ist's ja was anderes. Ich hab' keine Wohnung, ich hab' nur ein Bett bei der Frau Hietzinger.«

»Hast mich auch gern?« fragte die ängstliche Braut.

»Selbstverständlich hab' ich dich gern, sonst möcht' ich doch nicht jeden Sonntag mit dir ausgehn!«

Weiter weg stolzierte am Arm eines Soldaten eine Köchin.

Ihren Beruf konnte man ihr auf tausend Schritte ansehen. Das Gesicht war hochrot, sie war vollbusig, Wangen und Kinn waren dicklich. Sie trug ein Päckchen Fressalien für ihren Korporal, den feschen Rudi, wie er in der Kaserne genannt wurde. Den Jüngling aus Wien zierte ein blasses Gesicht. Die Uniform hatte er sich vom Regimentsschneider für zwei silberne Kronen auf Taille umarbeiten lassen. Der Kragen war höher als vorschriftsmäßig, die Sternchen darauf waren nicht, wie sie laut Dienstreglement hätten sein müssen, aus Bein, sondern aus Flitter und ähnlich den Offizierssternchen. Auch die Kappe war um einen Zentimeter zu hoch. Schneidig sah er aus, der Rudi.

Seine Köchin erzählte ihm mit wichtiger Miene, was alles in dem Päckchen war. »Ein halbes Brathendl, ein paniertes Kotelett, drei harte Eier, zwei Zervelatwürste, eine Schachtel Sardinen, zwei Gurken und ein großes Stück Sandtorte. Wir wollen dann ein bißchen jausen.«

Zeche zu zahlen war damals bei den Soldaten, die mit ihren Mädchen ausgingen, immer eine große Angelegenheit. Die Löhnung der einfachen Soldaten betrug zwölf Heller am Tag. Damit mußten sie Schuhwichse, Zahnbürste und noch vieles mehr kaufen. Für Mädchen und Ausgang am Sonntag blieb nichts übrig. Viele Soldaten gingen gemeinschaftlich aus, legten zusammen, stifteten einen Doppelliter Bier und rauchten in Abständen gemeinsam eine Virginia-Zigarre. Aber bald hatten die meisten ihre Liebste, die für sie sorgte.

Wieder hob der Regimentstambour seinen Stab. Die Trommelschläge steigerten sich, die große Trommel dröhnte dazu. Mit »Tschintschinbumbumbum« brauste der Radetzkymarsch auf. Vater Strauß hatte ihn zu Ehren der ruhmreichen österreichischen Soldaten und des Feldherrn Graf Radetzky komponiert. Laut sangen die Plattenbrüder und Pülcher mit: »Wenn der Hund mit der Wurscht über'n Eckstein springt ...«

Leiser und schwächer wurde die Musik. Die Kapelle schwenkte am Praterstern um das Tegetthoffdenkmal und bog rechts in die Hauptallee ein. Langsam verliefen sich die Menschen in den Prater. Mächtig und prächtig, ein Wahrzeichen der Residenzstadt, leuchtete grün gestrichen das Riesenrad. An eisernen Trägern hingen Waggons und wurden über hundert Meter hoch in die Luft getragen. Das Riesenrad, für die Weltausstellung erbaut, war eine Sensation. In ganz Europa sprach man davon. Auf der Berg- und Talbahn johlten die Fahrenden. Es war ein lustiges Treiben im Prater.

Luftballonverkäufer riefen ihre Ware aus. »Drei Kreuzer das Stück!«

Die alten Leute konnten sich an die Heller und Kronen nicht gewöhnen; sie blieben bei der alten Kreuzer- und Guldenwährung.

Kinder bettelten: »Bitte, einen Luftballon!«

Auch junge Frauen und Mädchen ließen sich von ihren männlichen Begleitern kleine aufgeblasene Zeppeline oder blaue und rosa Ballons schenken. Mancher Schrei ertönte, wenn ein Ballon den kleinen Kinderhänden entglitt und in die unendliche Weite flog.

Die Schaubuden waren belagert. Die Ausrufer hatten viel zu tun. Die Firmlinge, in der einen Hand ein Stück Lebzelten, in der anderen ein Glas Himbeerwasser, waren in ihrem Element. Handleserinnen biederten sich Neugierigen an, die die Zukunft wissen wollten.

Fotografen riefen laut: »Achtung! In acht Minuten haben Sie Ihr Bild! In acht Minuten!«

Taschendiebe lungerten herum und warteten auf eine günstige Gelegenheit. Bauernfänger, die mit Kennerblick die Praterbesucher musterten, wußten genau, wer aus der Provinz kam und ihre Schliche und Finten noch nicht kannte. Sie stellten es sehr schlau an, diese Betrüger. Wenn sie sahen, daß derjenige, den sie aufs Korn genommen hatten, sie beobachtete, bückten sie sich und hoben einen Ring auf, den sie eben hingelegt hatten. Es war ein wertloses Stück, das nur nach Gold aussah.

Dann blickte der Betrüger argwöhnisch um sich und tat so, als wolle er den Fund verheimlichen. Neugierig geworden, trat das Opfer an ihn heran. »Was haben Sie denn da gefunden?«

»Ach, nichts!« tat der Angesprochene verlegen.

Dann aber entwickelte sich das Geschäft. Man begann das

Schmuckstück abzuschätzen.

»Der Ring ist bestimmt hundert Kronen wert«, behauptete der Betrüger. »Wenn Sie ihn haben wollen, um zwanzig Kronen gehört er Ihnen!«

Meistens fiel der Provinzler auf dieses Angebot herein. Er glaubte, ein gutes Geschäft gemacht zu haben, bis sich dann herausstellte, daß er um zwanzig Kronen einen Ring gekauft hatte, den er in einem Spielwarenladen für eine Krone hätte bekommen können.

Polizisten in Galauniform regelten den immer stärker werdenden Verkehr.

In diesem Trubel, nur von Freude umgeben, fuhr Vera mit ihrem Patenkind Resi in der Degenwartschen Kalesche. Eng schmiegte sich das glückliche Kind an Vera. In langsamem Trab fuhr der blumengeschmückte Wagen in die Praterallee ein.

Gleich am Anfang dieser Kastanienpracht ließ Vera den Kutscher halten. »Johann, wir steigen aus, und Sie fahren nach Hause. Machen Sie sich einen schönen Sonntagnachmittag.« Sie entnahm einem rosafarbenen Spitzenpompadour ihre silbern bestickte Börse und drückte dem Kutscher, der über das ganze Gesicht strahlte, ein Fünfkronenstück in die Hand. »Kaufen Sie sich ein Schloß damit, Johann.«

»Küß die Hand, Komtesse, küß die Hand!«

Das Fell der Pferde glänzte im Sonnenschein. Der Kutscher Johann in seiner Paradeuniform öffnete eilig den Wagenschlag und half Vera und dem kleinen Firmling beim Aussteigen. Johann hatte den Zylinder, den er in der Hand hielt, selber aufgebügelt. Gravitätisch schwenkte er seine Kopfbedeckung und schaute dann Vera und der kleinen Resi nach.

Er schüttelte den Kopf und schwang sich wieder auf den Bock. »So, jetzt will ich mit meinen Rössern Aufsehen erregen! Hühott!« Kaum spürten die Gäule seine kundige Hand, bäumten sie freudig ihre Nacken und warfen die Mähnen in den lauen Wind, tänzelnd trabten sie dahin.

Dem Kutscher Johann ging folgendes Problem durch den Sinn: Sollte er die geschenkten fünf Kronen in seine Sparkasse legen, oder sollte er sich einen Liter Schnaps kaufen, oder sollte er nach Ober-St. Veit fahren und bei seiner allerliebsten Minnerl, die Köchin beim Baron Kulsky war, vorbeifahren, damit seine Zukünftige mehr Respekt vor ihm bekam? Was war das Gescheiteste?

Die Herrschaft würde es nie erfahren, wenn er einen kleinen Umweg über Ober-St. Veit machte.

»Hühott!« Johann hatte sich entschlossen; er fuhr zu seiner Braut.

Weiße Lämmerwölkchen zogen gegen Westen, die Schwalben flogen höher, Menschen gingen auf und ab. Der Prater war voller Menschen, darunter Vera mit ihrem Schützling.

»Na, Reserl, willst Ringelspiel fahren?«

Strahlend bejahte Resi. »Bittschön – aber Sie müssen auch mitfahren!«

»Gerne, mein Kind.« Dieses »gerne« kam von Herzen. Ringelspielfahren war einer der kleinen Wünsche aus der Kinderzeit, der Vera aus Standesrücksichten nie erfüllt worden war. Ringelspielfahren! Heute würde sie ringelspielfahren. Niemand würde sie abhalten.

Minuten später saßen Vera und Resi jede auf einem rotlackierten Schwein und sausten rundherum, immer rundherum.

Ein Orchestrion spielte: »Donau so blau, so blau, so blau ...«

Danach liefen sie, erhitzt, erfreut, Hand in Hand, als wären sie Altersgenossinnen, zur hohen Schaukel; das kleine schmale Schiffchen konnte ihnen nicht hoch genug fliegen.

Dann gingen sie zum Riesenrad.

»Eine Karte für eine Erwachsene und ein Kind«, verlangte Vera. In diesem Augenblick fühlte sie, daß sie zum erstenmal in ihrem Leben eine Verantwortung übernommen hatte. Ein kleines Mädchen führte sie ins sonntägliche Leben.

Aus luftiger Höhe staunten Vera und Resi, wie winzig die Menschen auf der Erde waren.

In der Gondel des Riesenrades waren noch andere Besucher.

Ein junges Mädchen fragte den Burschen, der seinen Arm um ihre Schultern gelegt hatte: »Wirst du mich immer so gern haben wie heute?«

»Bestimmt, Mitzi, immer!«

Vera lächelte; ein Liebespaar also.

Sie war blutjung und er kaum älter. Eng umschlungen standen die beiden und beugten sich weit zum Gondelfenster hinaus.

»Eins kann ich dir heut schon sagen ... wenn du mich nicht mehr magst, spring' ich auf die Erde hinunter!« drohte sie.

Der Jüngling beruhigte das Mädchen. »Aber, Tschapperl, sollst nicht so dumm daherreden!« Als wollte er seine Worte bekräftigen, küßte er sie auf den Mund; die Umstehenden kümmerten ihn nicht.

Zwei Worte waren an Vera herangetragen worden: Liebe und Tod. Vera hatte nicht gewußt, wie nahe diese Worte im Leben nebeneinander stehen. »Habe ich schon geliebt?« fragte sie sich. Sekundenlang schloß sie die Augen und wiederholte die Frage: »Habe ich schon geliebt? Nein, nein!« Sie fragte sich: »Würde ich für Felix mein Leben hinwerfen? – Nein!«

Sie fragte sich, ob sie überhaupt schon einmal jemanden von Herzen lieb gehabt habe. Doch, es hatte Freunde gegeben, den Vater, die Mutter, Caro, die schöne schwarzweiß gefleckte Dogge, den Mops Stupsi und die Freundinnen aus dem Pensionat, auch eine junge Lehrerin, die sie verehrt hatte.

Aber es wurde ihr bewußt, daß etwas in ihrem Leben fehlte. Bisher hatte sie nur in Romanen davon gelesen und nicht geglaubt, daß es das wirklich geben könne: die Liebe, die große Liebe. Wenn Felix sie in die Arme nahm, war das angenehm; sie hatte eine gewisse Geborgenheit empfunden, weil sie ihm vertraut hatte. Aber seit Gusti Dankl bei ihr gewesen war, war auch das vorbei.

Sie beneidete die beiden und hatte doch auch Angst vor einem solch großen ausschließlichen Gefühl, das nicht nur wundervoll, sondern auch schmerzlich sein mußte.

Langsam drehte sich das Riesenrad weiter; die großen eisernen Gondeln senkten sich der Erde zu. Noch hatte man einen herrlichen Blick über ganz Wien.

Neugierige Kinder drückten ihre Nasen an die dünnen Fensterscheiben und ließen ihre farbigen Luftballons im Wind hin und her tanzen. Einer dieser aufgeblasenen lila Spielzeugzeppeline entwand sich der Hand eines Kindes und schwebte in den blauen Himmel. Der Junge weinte seinem Spielzeug bittere Tränen nach.

Vera nahm aus ihrer Geldbörse Kleingeld und schenkte es ihm. »Sollst nicht weinen! Da nimm, kannst dir zehn Stück dafür kaufen.«

Das Kind lachte, während ihm noch die Tränen aus den Augen kullerten; das Geld hielt es fest in der Hand.

Die Eltern nickten erfreut. »Na, sag schön danke, Karli!«

Doch der kleine Karli wollte nicht danken. Er hatte Angst, daß der Vater ihm die Silberkrone, die er bekommen hatte, wegnehmen wolle. Trotzig stand er da, die Lippen fest aufeinander gepreßt, und hielt das Geldstück in der geballten Faust.

Da das als unartig galt, bekam Karli vom Vater eine schallende Ohrfeige.

Karlis Mutter nahm den Sohn in Schutz; sie warf dem Gatten vor, daß das Kind das schlechte Benehmen von ihm habe.

Das ließ der Mann sich nicht gefallen; er beschimpfte seine Frau. »Von Kindererziehung verstehst du überhaupt nichts! Woher solltest du denn auch eine Ahnung haben, du, eine Kellnerin! Ich hätte mir eben eine andere Frau suchen sollen!«

Darauf zeterte die Ehefrau zurück: »Was? Du? Eine andere Frau? Neben dir hält es kein Mensch aus! Glaubst du, ich weiß nicht, daß du nur auf mein Erspartes spekuliert hast?!«

Da der kleine Karli wieder zu weinen begann, bekam er auch von seiner Mutter eine Ohrfeige.

Vera wollte den Streit schlichten: »Aber, verehrte Frau, lieber Herr, das Kind kann doch nichts dafür!«

Nun stellte das Ehepaar sich geschlossen gegen Vera. »Das geht Sie gar nichts an, was wir mit unserem Buben machen!« – »Sie sind ja schuld, daß wir uns streiten, gell?«

Die Frau schaute ihrem Mann treuherzig in die Augen. »Jawohl, sonst streiten wir uns nie!« behauptete sie. »Sie glauben, weil Sie eine lumpige Silberkrone hergeschenkt haben, können Sie eine Ehe zerstören? Bei uns nicht, gell, Vinzenz, bei uns nicht!«

Der Gatte assistierte eifrig seiner Frau: »Gewiß, bei uns nicht!«

Das Riesenrad hielt mit einem scharfen Ruck an, die Passagiere aus Veras Gondel stiegen aus.

Ein älterer Herr, der den kleinen Vorfall beobachtet hatte, zog seinen Hut und grüßte Vera. »Gnädige Frau, was Sie jetzt erlebt haben, war die Volksstimme. Aber kränken Sie sich nicht, es war nicht bös gemeint!«

Vera, über den Vorfall verstört, hielt Resi fest an der Hand. Sie fühlte den Abstand zwischen ihrem Stand, ihrer Erziehung und der Wirklichkeit.

»Kauft's Luftballons, das Stück für fünf Kreuzer!«

Begeistert schaute Resi auf den großen Knäuel von Luftballons, die an vielen dünnen Fäden, von einer Männerfaust gehalten, im Sonnenschein schaukelten.

Vera beugte sich zu ihrem Firmling. »Wieviel möchtest du denn haben?«

»Einen, bittschön, nur einen!«

»Möchtest du nicht alle haben?«

»Nein, nein, nur einen. Den roten dort möcht' ich!«

Bald darauf hielt Resi ihren roten Luftballon in der kleinen Hand.

Tüchtige Verkäufer priesen mit lauten Stimmen ihre Waren an: gebrannte Mandeln, Türkenhonig, Seidenzuckerl, kandierte Früchte, Datteln, Lebkuchen. Vera kaufte große Tüten dieser Herrlichkeiten. Dann sausten beide mit der Berg- und Talbahn, mengten sich in den Chor der kreischenden Fröhlichen. Rauf und runter sausten die kleinen Schlitten, durch künstliche Schluchten und Höhlen. Überall brauste ihnen Lachen und Freude entgegen.

Als die Fahrt ein Ende genommen hatte und sie aussteigen mußten, war beiden schwindelig.

»Frau Tant'!« Resi verbesserte sich schnell: »Fräulein Gräfin!«

»Na, was hast denn, Resi? Sag nur Frau Tant' zu mir. Was willst denn?«

»Mir ist so schlecht!« Und schon passierte das Unglück; alles, was Resi vor kurzem so köstlich gemundet hatte, kam wieder zum Vorschein.

Eine ältere Frau blieb stehen und lamentierte: »Servas ...«, dabei stieß sie ihre Freundin an, »dem armen Kind ist schlecht! Es hat zu viel gegessen!«

Vera wußte sich in dieser Situation keinen Rat. Die vielen Neugierigen verschüchterten sie noch mehr. Auf ihr kleines Spitzentaschentuch gab sie einige Tropfen Parfüm und legte es an Resis Stirn.

Resi klammerte sich an einem Holzpfosten fest; immerfort stöhnte sie: »Bittschön, Frau Tant', ich werd's nicht mehr tun. Sind S' nicht böse auf mich, ich werd's nie mehr tun!«

Ein junger Leutnant – schwacher dunkler Flaum deckte seine Oberlippe – machte sich erbötig, Vera und dem Kind zu helfen. Vom Stand eines Limonadenverkäufers ließ er sich ein Glas Sodawasser geben und drängte Resi, kleine Schlucke davon zu nehmen. »Du mußt schön trinken, schön langsam ... noch einen Schluck ... dann wird wieder alles gut sein.«

Es war auch so. Nachdem der Magen von dem Überfluß befreit war, legten sich auch die Schmerzen.

Der Leutnant aber blieb. »Gestatten, Rainer. Peter Rainer!« wiederholte er. »Darf ich der Gnädigen behilflich sein?«

Vera, ungewohnt solcher Situation, suchte Schutz, indem sie die Hand ihres Firmlings fester drückte. »Danke, Herr Leutnant.«

Leutnant Rainer ließ nicht locker; er war jung und unternehmungslustig. »Vielleicht braucht das kleine Fräulein nochmal meine Hilfe.«

Niemand beachtete Vera, Resi und den Leutnant. Resi, dankbar, daß der Onkel ihr geholfen hatte, bat: »Frau Tant', bittschön lassen S' doch den Herrn Soldat mit uns gehen.«

Vera mußte lachen. Es ziemte sich ja nicht für Mädchen und Frauen ihres Standes, eine Begleitung anzunehmen oder sich auch nur ansprechen zu lassen.

Der Leutnant schlug die Hacken zusammen. »Gnädigste, darf ich melden, daß ich, obwohl schon etwas über zwanzig

Jahre alt, nie unter dem Schutz einer Firmpatin gestanden habe. Wollen Sie sich heute meiner annehmen, mir Ihre Fürsorge angedeihen lassen? Ich werde sehr artig sein und mich bestimmt gut aufführen.«

Vera musterte den Leutnant. Er sah sehr gut aus in seiner hellblauen Uniform. Was sollte sie ihm antworten? Nein sagen? Dann würde er glauben, sie wäre eine ungebildete Person. Wenn sie ja sagte, würde er sich Hoffnungen machen.

Ohne Betonung, schlicht und klar sagte Vera: »Also gut, dann habe ich zwei Firmlinge. Bitte, kommen Sie! Hoffentlich sind Sie ein folgsames Kind.«

Leutnant Rainer schlug die Hacken zusammen; die dünnen Sporen an den blankgeputzten Stiefeletten klirrten leise.

Langsam drehte sich die Sonne den westlichen Berghöhen zu. Bald würde sie ganz verschwinden und der aufsteigenden weißlichen Mondscheibe den Himmel überlassen.

Ein Schwarm kleiner, hellblauer Wölkchen stand über dem Leopoldsberg. Die Singvögel flogen zwitschernd immer höher. Sie freuten sich über den schönen Abschluß des Tages.

Hoch über dem Stephansturm, viel, viel höher als die Turmspitze, schwebte ein zigarrenähnliches, starres kleines Luftschiff. Die Brüder Franz und Karl Renner waren die Erbauer dieser technischen Neuheit. Sie waren in der Freudenau aufgestiegen und überraschten die Bevölkerung mit ihrem ersten längeren Rundflug.

Die Wiener mit ihren Familien und Bekannten standen in den Gassen und auf den Plätzen und starrten diesem langen, wunderlichen Ungetüm nach. Aus den Kaffeehäusern stürzten die Leute, und aus den Fenstern beugten sich Neugierige. Alle deuteten aufgeregt und fast erschrocken auf das Luftschiff. Lautlos schwebte dieses technische Wunder über die Stadt Wien.

»Die Welt steht nimmer lang«, prophezeite ein beleibter Bürger, Bäckermeister von der Wieden, und schaute dabei auf seine große goldene Doppelmanteluhr, die ihm die schlechte Stunde wies.

»So was Narrisches, in der Luft herumzufahren!« sagte sein Nachbar. »Solche verrückten Leut' müßt' man von Staats wegen einsperren. Nicht genug, daß die Automobile herumtöffen und stinken. Ich bleibe bei meinen Rössern und beim Schubkarren.«

Ein anderer Herr unterbrach den räsonierenden Bürger. »Tun Sie sich nur nicht aufregen! Ihr seid schon die Richtigen, die gegen jede neue Erfindung protestieren. Das sind tüchtige Burschen, der Renner Franzl und sein Bruder. Die haben das Luftschiff selbst gebaut. Ich kenn' die Buben noch, wie sie als Artisten nach Amerika gefahren sind. In einem Riesenzirkus haben sie dort gearbeitet. Lesen Sie keine Zeitung? Erst gestern ist es schwarz auf weiß drin g'standen, daß unser Kaiser Franz Joseph den Buben ein Geschenk gemacht hat, jawohl, jeder hat eine große goldene Uhr mit dem Kaiser seiner Unterschrift bekommen. Und tausend Gulden extra haben sie auch noch gekriegt, damit sie noch ein größeres Luftschiff bauen können. Wenn der Kaiser auch g'sagt hat, interessieren tut ihn das Luftschiff nicht, aber fördern tut er's doch!«

Der biedere Bäckermeister spuckte kräftig auf den Bürgersteig und zündete sich eine helle Britannica-Zigarre an. »Von mir aus, der Kaiser soll machen, was er will. Ich leb' sowieso nimmer lang, dann sollen's in der Luft rumfliegen, wie s' wollen. Aber von meinen Steuerkreuzern wird nicht in der Luft rumgeschaukelt. Das sage ich Ihnen schon heute, und damit Sie's wissen, übermorgen geh' ich zum Bürgermeister und werd' mich beschweren. Das wäre ja noch schöner, wenn jeder aus der Luft auf uns Steuerzahler runterspucken könnt'!«

Noch einer gesellte sich dazu: »Gestatten! Friedrich Kranawetter, Volksschullehrer. Sie haben recht, Herr Nachbar, ich bin ganz Ihrer Meinung. Ich bin dafür, daß wir eine neue Partei gründen, damit wir die Macht haben, diese Neuentdeckungen gleich im Keime zu unterdrücken. Sie wissen ja gar nicht, was diese Erfindung eigentlich will. Man will uns aus der Luft beobachten. Jawohl, das sind lauter Spitzel da oben in der Luft. In jedes Fenster wird man hineinschauen, damit man melden kann, was und wieviel wir essen und was wir anziehen. Darf ich vielleicht um Ihre Adresse bitten? Wollen wir uns nächste Woche zur Gründung der Partei im Restaurant ›Zum Auge Gottes‹ treffen?«

»Auf mich können Sie nicht rechnen.« Der Bäckermeister drehte sich um und schob seinen runden Halbzylinder in die Stirn. »Ich bleib' allein für mich, und ich schimpf' allein. Ich brauch' keinen Verein und keine Partei!«

»Auf mich können Sie auch nicht rechnen! Gestatten, Richard Döblinger, Installateur. Ich bin ein Förderer der Technik. Adieu!«

Weg waren sie.

So waren die Wiener, konstatierte der Volksschullehrer gekränkt, ging in ein kleines Kaffeehaus und bestellte grimmig seinen Schwarzen. Er würde allein eine Partei gründen.

Die starre, graubraune Riesenzigarre in der Luft steuerte langsam dem Prater zu. Laut surrten die hölzernen Propeller, die an zwei großen freihängenden Motoren steckten. Die Gondel war schmal und nach allen Seiten offen. Die Luftschiffer Franz und Karl Renner mußten vorsichtig sein, damit sie nicht über die niedere Gondelbrüstung abstürzten.

Firmpaten und -patinnen zeigten mit sichtlichem Erstaunen, mit Händen, Stöcken und Schirmen weisend, den Kindern dieses Wunder. Die Buben und Mädchen rissen Mund und Augen auf. So etwas hatten sie noch nie gesehen.

Ein Knirps zupfte seinen Paten. »Onkel, ich möcht' auch so ein Luftschiff haben!« Der kleine Bittsteller sah unternehmungslustig aus. Als die Eltern den Firmanzug gekauft hatten, hatten sie das spätere Wachstum berücksichtigt. Die Hose hing in Ziehharmonika-Falten über seinen Schuhen, der Rock schlotterte über den kindlichen Schultern. In die Stirn gedrückt saß eine graue Flauschmütze, die sich der Toni noch weiter in die Stirn zog.

Sein Patenonkel nahm aus der Hosentasche ein silbernes Zweikronenstück. »Da hast du. Ein Luftschiff kann ich dir keins kaufen, aber wenn du größer bist, kannst du Luftschiffer werden.«

»Ja, Onkel, das möchte ich, oder Matrose auf einem Kriegsschiff, das möcht' ich auch gern werden!«

Der Onkel lenkte die Gedanken des Firmkindes auf tägliche, erfüllbare Genüsse. »Möchtest du nicht ein Paar Frankfurter Würstl essen? Oder eine Sachertorte?«

Sofort vergaß der Toni die Frage, warum die Menschen sterben müssen, die er schon auf den Lippen gehabt hatte. »Bittschön, Onkel, ein Paar Frankfurter und eine Sachertorte! Und wenn ich kein Luftschiffer und kein Matrose werden kann, dann werd' ich Straßenbahnschaffner oder Fußballer in der Ligamannschaft!«

Dem Firmpaten waren Tonis Wünsche recht. »Komm jetzt.«

Ein Wirtshausschild mit verschnörkelten Buchstaben lud beide ein. Ein Krügel helles Schwechater Bier verlangte der Onkel vom Schankburschen. Schnell floß das kühle Gebräu durch seine Gurgel. Vier Krügel hintereinander trank der Herr Onkel aus Fünfhaus, während Toni ein Paar Frankfurter und zwei Stück Torte verschlang. Beim fünften Krügel Bier sinnierte der Firmpate: Wenigstens tausend Jahre sollte man alt werden können. In Gedanken rechnete er zusammen, wieviel Krügel Bier er in dieser langen Zeit sich würde zu Gemüte führen können.

Über dem Prater lag die blaue Stunde. Verträumt saßen Liebespärchen, Zivilisten und Soldaten mit ihren Liebsten, auf den vielen kleinen Bänken und lauschten den Tönen, die aus den Orchestrionwerkerl und Grammophonen, von den Militär- und Zivilkapellen zu ihnen klangen. Alle Lokale waren überfüllt. Die Taschendiebe hatten Hochkonjunktur, denn Verliebte sind gute Opfer.

Im Garten der Restauration »Schweizerhaus« saßen, von der wunderbaren Stimmung eingefangen, Vera, ihr Firmkind Resi und der Leutnant Rainer. Auch sie hatten das lenkbare Luftschiff gesehen.

Voller Eifer erzählte Leutnant Rainer, was er darüber wußte. »In Amerika und in Frankreich hat man diese Erfindung militärischen Zwecken dienstbar gemacht. Dort gibt es schon Fesselballons, die für Beobachtungszwecke verwendet werden. Leider hat man im k. u. k. Österreich bei den höchsten Stellen für diese technische Errungenschaft kein Verständnis. Man unterstützt die Erfinder, gibt ihnen Gnadenpensionen. Das ist dann zugleich der Abschluß. Der Kaiser hat sich das Luftschiff beim letzten Manöver vorführen lassen. ›Sehr interessant, aber nichts für Österreich‹, hat er gesagt. Das Luftschiff war schnell vergessen. Der Kaiser hat andere Sorgen. Was wird sein? Das Ausland wird modernste Kampfmittel haben, und wir, wir können, wie damals bei Königgrätz, mit unseren Vorderladern schießen. Gnädiges Fräulein hätten sehen sollen, wie sich die ausländischen Militärattachés um das Luftschiff und seine Erbauer gekümmert haben! Bei uns in Österreich heißt es immer: ›Wir erledigen alles mit Tradition!‹ Unser Regimentskommandant, der wirklich ein großer, aufrechter Soldat ist, hat vor einigen Tagen gesagt: ›Tradition hilft über den Mangel an Technik hinweg. Tradition hilft auch, wenn wir nicht überlegen sind. Tradition hilft auch, wenn man Herzenskummer hat.‹«

Vera lachte. »Das sind Ideen!«

»Ich weiß auch nicht, woher unser Oberst, ein Herr von Konetzky, diese Weisheiten hat. Er ist ein ausgepichter Junggeselle. Sein Standpunkt ist: ›Die Herren Militärs lassen zu viel Schneid bei ihren Frauen.‹ Nach zehnjähriger Ehe verstünden die Offiziersdamen besser zu kommandieren als die Herren Gemahle. Wir Jungen, wir nicken mit dem Kopf, denken aber anders. Wir sind keine Frauengegner. Wir alle warten auf die Richtige. Ich wohne in der Kaserne, in zwei kleinen Zimmern, und ich denke mir oft: ›Peter, jetzt bist du schon zweiundzwanzig Jahre alt und hast noch immer nicht das Mädel gefunden, für das du auf der Welt sein möchtest.‹« Peter Rainers Stimme klang aufrichtig und herzlich.

Vera nippte an ihrem Weinglas, kaum daß sie von dem Inhalt trank. Von dem Firmling Resi konnte man das nicht behaupten. Sie hatte schon die sechste Himbeerlimonade geschluckt und dazu drei Schinkensemmeln verzehrt. Ihre Sterbensübelkeit war längst vergessen.

Leutnant Rainer erzählte von seinen Eltern. »Mein Vater war General und hat schon unter Benedek als junger Fähnrich Königgrätz mitgemacht. Vor einigen Jahren stürzte er vom Pferd und konnte sich nicht mehr erholen. Meine Mutter starb bald darauf. Meine Eltern liebten einander ein Leben lang, früher gab es wohl die große Liebe noch.«

Vera nestelte an ihren Handschuhen; sie ertappte sich bei dem Gedanken, daß sie diesem jungen Leutnant gern die Wange gestreichelt hätte. »Die Liebe wird heute genauso sein, Herr Leutnant, die Liebe ist keine neue Erfindung. Große Lieben hat es immer gegeben.«

Peter Rainer bestätigte das. »Ja, gnädiges Fräulein, Liebe hat es immer gegeben. Aber wo ist die Richtige, der man sein Herz anvertrauen kann?«

Er war so vertieft in ihr Gespräch, daß er erst ganz allmählich dazu kam, sich umzusehen. Zu seiner Überraschung erkannte er viele Männer aus seinem Regiment, Offiziere und Soldaten, die allein oder in Gruppen anwesend waren. Er selber war zum erstenmal hier.

Oberleutnant Bernecker saß mit einer auffallend geschminkten Dame nur wenige Tische entfernt. Rasch blickte Peter Rainer weg, denn er fand es nicht angebracht, Vera womöglich mit einer solchen Person bekanntmachen zu müssen. Aber Bernecker schien genauso wenig daran zu liegen, mit seiner Eroberung gesichtet zu werden; er drehte Peter Rainer den Rücken zu.

Behaglich zündete sich Peter Rainer eine Zigarette an.

Auf dem Tisch standen eine kleine Flasche mit goldgelbem Kahlenbergwein, ein leergetrunkenes Kaffeeglas und ein Kuchenteller. Kellner trugen auf großen Tabletts schmalgeschnittene Scheiben rosinengefüllter Mehlspeisen vorbei.

Ein schwarzgelockter Italiener bot von Tisch zu Tisch seine Salamiwurst und Schweizer Käse an. In der einen Hand hielt er eine kleine Waage, mit der anderen säbelte er Käse und Salami auf ein Papiertellerchen, wog die Ware und kassierte das Geld. »Mille grazie! Küß die Hand!« Dann rief er wieder melodisch: »Salamucci!«

Vierzehnjährige Buben, blaue Schürzen vor den Hosen, die Hemdsärmel aufgekrempelt, Bürstenhaarschnitt auf den runden Köpfen, schleppten große Strohkörbe, gefüllt mit geschnittenem, nach Korn riechendem Schwarzbrot, hellblonden Semmeln, Salzstangerln und Brezen herum. Mit ihren jugendlichen Stimmen schrien sie durch den vollgefüllten Garten: »Brot! Brot angenehm!«

Diese Jungen wurden »Schani« genannt. Die Gäste riefen, wenn sie etwas von ihnen haben wollten: »He, Brotschani! Da komm her!«

Flink und freundlich bedienten die Kellner. Bier, Wein, Kaffee, Tee, die duftenden Speisen, Schweinsbraten, Kalbsbraten, Schinken garniert mit Gurken, wurden auf großen silbernen Tellern aufgetragen.

»Zahlen! Zahlen, Herr Ober, zahlen!« Gesättigte Gäste wollten weiter.

Doch der Oberkellner ließ sich Zeit, solange keine schwarzen Wolken am Himmel standen. Wehe aber, wenn sich Regen anzeigte, dann wurden die Oberkellner flink wie die Wiesel, damit die Gäste nicht das Gartenrestaurant verließen, ohne zu zahlen.

Heute, am Pfingstsonntag, diesem herrlichen Sonnentag, hatten die Oberkellner keine Eile. Sie und der Besitzer des Lokals wußten, daß die Gäste immer wieder neue Bestellungen aufgeben würden.

Über einem offenen Feuer, auf einem Dreigestell, hing ein großer Kessel voll ungarischem Zigeunergulasch. Die roten Paprika und die gerösteten goldgelben Zwiebeln dufteten weithin. »Frisches Gulasch!« pries der Koch an.

Leutnant Rainer stellte fest: Schön war die Welt. Was kümmerten ihn heute die Vorgesetzten aus seinem Regiment? Am Nebentisch hatte er einen Hauptmann und einen Major entdeckt.

Resi mußte auf das »Häusel«, und Peter Rainer erhob sich, als Vera und ihr Firmkind aufstanden. Er wartete stehend, bis sich die beiden, Hand in Hand, durch die Reihen der Tische und Stühle wieder zurückdrängten. Fest zog er den Säbel an sich und hielt mit beiden Händen das Portepee, das sich kunstvoll um den Knauf schlang. Fröhlich setzten sie sich wieder an den Tisch.

Resi entzifferte auf ihrer Firmungsuhr, daß es sieben geworden war.

Vera staunte: »Schon sieben Uhr? Dann müssen wir sofort nach Hause! Aber ganz schnell. Komm, Resi!«

Leutnant Rainer stand auf und rief nach dem Kellner. »Zahlen!« Bescheiden, fast linkisch klang seine Bitte: »Wollen gnädiges Fräulein nicht noch dableiben? Nach der Pause spielen die Bosniaken den Kaiserwalzer!«

Diese Bosniaken, Soldaten aus dem südlichsten Teil Österreichs, waren bei den Wienern sehr beliebt, Soldaten aus Bosnien und der Herzegowina, die schon seit vielen Jahren in Wien lebten.

Viele hatten die Heimat lange nicht gesehen und waren gute Österreicher geworden. Vergessen waren die Moscheen, die Minarette und die verschleierten Frauen. Schmuck war die Uniform, die sie trugen: blaue Hose und Rock, blutrot der kleidsame Filzfez, den sie keck in die Stirn zu drücken pflegten. Mancher kokette Blick traf diese gutgewachsenen bosnischen Musikanten. Der Kapellmeister, ein Musikfeldwebel, kaum dreißig Jahre alt, ließ den Kaiserwalzer von Strauß anstimmen. Ein Schwingen und Raunen wehte durch die tausend und abertausend Kastanienblüten, Blätter und Äste. Es schien, als ob die zauberhaften Melodien die Menschen schweben ließen, sie beschwingten und sie verliebt machten.

Leutnant Rainer fragte Vera: »Darf ich gnädiges Fräulein heute abend noch sehen?«

Es hatte ihn viel Mühe gekostet, diese Bitte vorzubringen, und er bereute es auch schnell.

Veras Antwort klang nicht freundlich: »Heute abend? Herr Leutnant, Sie haben Ihren Nachmittag schlecht angewandt. Ich bin bestimmt nicht das, was Sie suchen. Ich gehe abends nie allein aus. Außerdem bin ich ...«

Eigentlich hatte Vera dem Leutnant erzählen wollen, daß sie verlobt sei, aber sie brach den angefangenen Satz ab. Sie fühlte sich nicht mehr verlobt.

Leutnant Rainer war bestürzt. »Ich wollte Sie nicht beleidigen, bestimmt nicht. Ich dachte nur, es wäre schön, wenn ich heute abend nicht allein sein müßte. Ich hasse meine dienstfreien Tage, vor allem die Sonntage. An keinem anderen Tag bin ich so allein wie an Sonntagen. Die meisten Kameraden haben Geschwister, Eltern, Damenbekanntschaften. Bitte, seien Sie nicht böse!«

Eine Sekunde lang war Schweigen zwischen ihnen.

Resi unterbrach die Stille. »Bitte, Tante Vera, bleiben wir noch hier. Ich möchte die ganze Nacht hier bleiben. Lassen Sie doch den Herrn Grafen warten!«

Peter Rainer horchte erschreckt auf: Den Herrn Grafen warten lassen? War Vera verheiratet? Er hatte keinen Ehering bei ihr gesehen. Hilflos stotterte er: »Verzeihung, gnädige Frau, ich wußte nicht, daß Sie verheiratet sind. Entschuldigen Sie vielmals die Belästigung.«

»Ich bin nicht verheiratet, Herr Leutnant. Ich heiße Vera Degenwart-Wiesendeut.«

Peter Rainer setzte sich in Positur; er hätte im Stehen nicht korrekter sein können. »Ich danke, Komtesse. Ich kenne das Palais Ihres Vaters. Ich fühle mich sehr beglückt, Sie kennengelernt zu haben.« Rainers Rede hatte an Anmut und Ursprünglichkeit verloren.

Vera spürte es sofort, und es tat ihr leid. Lachend ermunterte sie den jungen Leutnant: »Reden Sie doch wieder so nett wie früher! Und lachen Sie! Sie müssen immer lachen, denn wenn Sie lachen, sind Sie sehr lieb.«

Peter Rainer lachte. »Ich danke, Komtesse. Ich war noch nie so glücklich. Heute ist der schönste Tag meines Lebens.«

»Meiner auch.« Ohne Betonung, nur leise sagte sie diese beiden Worte: »Meiner auch.«

»Ich werde oft an diesen Tag denken!«

Weit lagen die verliebten Stunden zurück. Es war schon lange Nacht.

Mit wachen Augen saß Vera zu Hause im Lehnstuhl und

starrte in den Sternenhimmel. Immer wieder klangen Peter Rainers Worte auf, tauchten unter in den Glockenschlägen, die zart von der Karlskirche herübertönten. Wort für Wort hörte sie Peter sprechen: »Sehen Sie dort, gnädiges Fräulein, dort oben dieser große Stern am Himmel, das sind Sie! Und dort drüben, am kleinen Wagen dieser kleine Stern, das bin ich! Und weil ich so klein bin und so weit weg von Ihrem Stern stehe, werden wir erst dann zusammenkommen, wenn ein Wunder geschieht.« Leutnant Rainer hatte ihr dabei in die Augen gesehen, lange und innig.

»Wunder gibt es nicht!« hatte Vera leise erwidert. »Doch Ihr Stern ist nicht klein. Er scheint nur darum so klein, weil er so weit weg ist. Der große Stern muß tiefer und der kleine Stern höher steigen, dann treffen sie sich; zwei gleich große helle Sterne.«

Zwölf Uhr nachts war vorbei; dieser herrliche Pfingstsonntag war vorüber. Konnte noch Schöneres kommen?

Gelöst und glücklich schmiegte sich Vera in den breiten Stuhl. »Ich will immer nur dir gehören, dir allein, Peter!« bekannte sie lautlos. »Laß mich mit dir gehen, ein glückliches Leben lang. Ich liebe dich!« Vera glaubte auch Peters Worte zu hören: »Vera, ich liebe dich, du bist in meinem Herzen für ewig!«

Aber bei aller Verliebtheit konnte Vera nicht vergessen, daß sie verlobt war. Sie hatte Felix von Rotweil versprochen, seine Frau zu werden. Es stimmte, sie hatte zu ihm gesagt, daß sie nichts mehr mit ihm zu tun haben wolle. Aber sie war sich nicht sicher, ob diese Verlobung so einseitig und kurzfristig zu lösen war.

Eine nie gekannte Furcht überfiel sie. Sie wußte, daß man versuchen würde, ihr ihre Liebe mit allen Mitteln aus dem Herzen zu reißen. Sie würde tausend Qualen leiden und kämpfen müssen.

Mehr als vor den Schmerzen fürchtete sie sich davor, schwach zu werden. Ihr Vater würde sie zur Heirat mit Rotweil zwingen, ihre Familie würde sie schwankend machen. Niemand würde verstehen, daß sie, eine Komtesse Vera Degenwart-

Wiesendeut, einen unbekannten bürgerlichen Leutnant heiraten wollte. Nie würde der Vater ihr diesen Wunsch erfüllen, und nie würden die Verwandten damit einverstanden sein. Man würde ihr vorhalten, daß sie nicht zur Leutnantsfrau in einer kleinen galizischen Garnison geboren wäre. Man würde sie fragen, ob sie sich dieses Leben wirklich erträumte.

Laut gab Vera sich selber die Antwort: »Ja! Ich habe mich nach diesem Glück gesehnt. Ich will Peter haben und ihn lieben. Nichts kann mich von meinem Entschluß abbringen!«

Vera war überzeugt, daß Peter für sie, für sie allein, geboren war.

In der k. u. k. österreichisch-ungarischen Armee war ein verliebter Leutnant kein Einzelfall. Die Leutnants waren jung und wurden gern gesehen. Auch in der Nacht vom Pfingstsonntag auf den Pfingstmontag waren viele junge Offiziere aller Waffengattungen verliebt. Viele, viele »Ich liebe dich« wurden gesprochen, geflüstert und geweint. Der Sternenhimmel wurde Zeuge vieler heißer Liebesschwüre.

Peter Rainer liebte. Er liebte so stark, daß er keinen Schlaf finden konnte. In einem Kaffeehaus versuchte er Zeitung zu lesen. Es gelang ihm nicht. Menschen, viele Menschen mußte er sehen. Jedem dieser Menschen wollte er laut oder leise erzählen: »Seht mich an, merkt ihr nichts? Ich bin verliebt! Ich liebe! Das schönste, liebste Mädchen im großen Kaiserreich wird von mir geliebt!«

Auf einer kleinen Bank im Museumsgarten ließ er sich nieder und starrte auf die schlafenden Blüten und Blumen, die auf den anbrechenden Tag warteten. Überall spürte er Vera. Er hatte ihr von seinen Eltern erzählt, Vera hatte ihm zugehört.

Peter begann Selbstgespräche zu führen. Er fragte sich, wie er es wagen konnte, eine so hochgestellte junge Dame zu lieben. Wer war er denn? Nichts als ein kleiner Leutnant.

Tapfer antwortete er sich: »Aber ich bin noch jung! Mein Vater war auch einmal Leutnant und starb als General!«

»Schön und gut«, erklärte er sich, »aber was ist mit der Kaution?«

»Eine Kaution kann ich nicht stellen!« mußte er sich zugeben, fand aber gleich darauf einen Trost: »Aber Veras Vater ist doch reich! Veras Mitgift wird als Kaution genügen. Ich werde zu Veras Vater gehen und ihn um die Hand seiner Tochter bitten. Natürlich wird er Einwände machen. Bestimmt hat er sich einen adligen, einen standesgemäßen, einen reichen, vielleicht sogar berühmten Schwiegersohn gewünscht.«

Peter stellte sich die Reaktion des alten Degenwart vor: »Peter Rainer heißen Sie? Nur Peter Rainer? Ich bedaure, Herr Leutnant, aber meine Tochter wird in jedem Fall nur einen Adligen heiraten!«

Obwohl der junge Mensch durchaus begriff, wie aussichtslos seine Situation war, wollte er es doch nicht einsehen. Er war sicher, daß Vera ihm zur Seite stehen und mit ihm um ihr Glück kämpfen würde. Am Ende würden sie siegen, und dieser Sieg würde himmlisch sein. Es war nicht möglich, daß eine so große Liebe keine Erfüllung finden sollte.

Allmählich drang die Morgendämmerung durch die Nacht; blasser wurde der Himmel.

Über die Ringstraße fuhren Männer von der Straßenreinigung.

Ein Polizist, die eine Hand am Säbel, die andere zum Salut an der Pickelhaube, fragte Peter: »Ist dem Herrn Leutnant nicht wohl?«

»Doch, doch, danke, Inspektor, mir geht's ganz gut!«

Tautropfen lagen auf Gräsern und Blättern. Der helle Morgen brach an. Peter hatte sich ein Luftschloß gebaut.

Jetzt mußte er schnell seinen Dienst in der Stiftskaserne antreten.

Ein vorbeifahrender Fiaker hielt die Gäule an. »Wollen Herr Graf einsteigen?«

»Ja, danke.«

Klappernd fuhr der Wagen der Stiftsgasse zu. Peter hielt seinen Säbel fest. Minuten später passierte er das Kasernentor und dankte fröhlich der Wache am Tor.

In den steinernen, endlos scheinenden Gängen lag duftender Kaffeegeruch. Aus den Waschräumen liefen die Soldaten, Seife und Handtuch in der Hand. In fünf Minuten mußte die Kompanie im Kasernenhof angetreten sein. Viele freuten sich auf den heutigen Frührapport. Es waren die Urlauber.

Der Kompaniechef von der Fünften, Lajos von Komocvar, stand im Kasernengang am Fenster. Er hatte die Sommeruniform an; weiße Hose, gelbe Uniformjacke. Die Kameraden im Regiment erzählten, daß Hauptmann von Komocvar alljährlich am Pfingstmontag, auch wenn es regnete oder schneite, die Sommeruniform anzog. An jedem Pfinstmontag begann für ihn der Sommer.

Peter grüßte stramm.

Komocvar hielt ihn an. »Servus, Rainer! Na, Abenteuer gehabt? Ich hab' dich gestern nachmittag im Schweizerhaus gesehen. Fesches Mädel, ausgesprochen fesch! Gute Idee, sich mit einer Firmpatin anzufreunden. Der Firmling wird nach Hause gebracht und die Firmpatin vom Herrn Leutnant ins Betterl gelegt. Tja, ein Leutnant hat's schön!«

Peter wehrte sich gegen Komocvars Anspielungen. »Herr Hauptmann, Ihre Vermutungen sind falsch. Die Dame, die Sie gestern gesehen haben, ist die Tochter des Herrenhausmitgliedes Graf Degenwart-Wiesendeut.«

»Was du nicht sagst! Das ist die stadtbekannte schöne Komtesse, von der man überall in Wien erzählt? Ja, wo war denn ihr Bräutigam, dieser unangenehme Kerl, dieser immens reiche Herr von Rotweil? Hat er dich als Begleiter attachiert? Würde ich nicht tun. Ein junger Leutnant ist immer gefährlich. Ich nehme natürlich alles zurück. Wo warst du die ganze Nacht? Bei Madame Becker? Entschuldige, daß ich mich in deine Privatangelegenheiten mische. Aber sei vorsichtig, denk an den Terbinsky. Fescher Leutnant, Liebesgeschichte, Duell. Was ist rausgekommen? Der Ehemann angeschossen, er mußte auf die Festung, und die schöne Nadja kokettiert mit einem Dragoner. Mit den kleinen Mädchen aus dem Volk muß man auch vorsichtig sein. Zuerst schöne Stunden, dann Tränen und Selbstmorddrohungen, und zum Schluß läßt sich der Herr Leutnant überreden, zieht seine Uniform aus und wird unglücklich. Die geschiedenen Frauen brauchen immer einen Mann, der gut aussieht und mit ihnen ins Theater geht. Heiraten tun sie dann einen Zivilisten. Schau, Rainer, du willst doch Generalstäbler werden. Mußt also in deinem Privatleben vorsichtig sein. Am besten, du heiratest die Tochter vom Oberst. Hast die meiste Aussicht, den Majorswinkel zu überbrücken.«

Im Kasernenhof war die Mannschaft zum Rapport angetreten. In Reih und Glied standen die Soldaten. Kommandorufe wurden laut.

Komocvar warf die Zigarette weg und zog seinen Uniformrock straff, in dienstlichem Ton sagte er: »Herr Leutnant, Sie müßten schon längst bei Ihrem Zug sein. Was sollen die Soldaten denken, wenn der Vorgesetzte unausgeschlafen in letzter Minute auf dem Kasernenhof erscheint? Nach dem Frührapport Meldung bei mir. Danke!«

Peter nahm Haltung an, salutierte, machte Kehrtwendung und ging den Korridor entlang. Er konnte den Namen »von Rotweil« nicht aus dem Kopf bekommen. Vera war verlobt? Seine Vera verlobt? Warum hatte Vera das nicht gesagt?

Bitterer Schmerz überfiel ihn.

Peter hatte Vera mit einer vorwurfsvollen Frage begrüßen wollen, als sie sich beim Michaelertor, der großen Einfahrt in die kaiserliche Hofburg, trafen.

Im letzten Augenblick besann er sich. Er hatte kein Recht, ihr Vorhaltungen zu machen. Komtesse Degenwart hatte keinen Anlaß ihm, dem kleinen Leutnant, zu erzählen, daß sie verlobt war.

Aber er wollte Klarheit haben.

Während er auf seine Schuhspitzen starrte, fragte er schüchtern: »Ist es wahr, daß Komtesse mit Herrn von Rotweil verlobt sind?«

Durch den feinen Schleier, der ihr Gesicht bedeckte, sagte Vera: »Ich war mit Herrn von Rotweil verlobt ... bis gestern!«

Peter faßte Veras Hand. »Es wäre entsetzlich gewesen, wenn du einem anderen Mann gehören würdest!«

Vera sagte nur: »Mein Peter!« Dann, nach einer Pause: »Es wird eine schwere Zeit für uns kommen. Du mußt stärker sein als ich, mußt mir immer sagen, daß du mich liebst, damit mein Herz stark bleibt. Alle werden gegen uns sein ... mein Vater, meine Verwandten, diese vornehm tuenden Menschen.«

Nahe aneinandergeschmiegt gingen sie, Vera und Peter, jetzt durch den Hofgarten. Vera hielt dabei mit zwei Fingern ihren langen Rock, wie es Sitte war, seitwärts höher. Immer wieder mußte Peter salutieren. Einmal waren es dienstfreie lachende Soldaten, die ihnen begegneten, dann höhere Offiziere. Vera senkte jedesmal den Kopf zu Boden. Sie wollte von niemandem erkannt werden. Equipagen fuhren über die Ringstraße. Bekannte Persönlichkeiten saßen im Fond und grüßten nach allen Seiten.

»Komm, Peter, wir wollen fort von hier!«

Aber es war zu spät.

»Herr Leutnant!« Eine scharfe Stimme hinter ihnen fuhr Peter an.

Sie drehten sich betroffen um. Im hellen braunen Anzug, einen schmalen Rohrstock in der Hand, den Schnurrbart hochgezwirbelt, einen weißen Strohhut auf dem Kopf, stand Felix von Rotweil vor ihnen. Er wiederholte die Anrede: »Herr Leutnant, ist Ihnen bekannt, daß Komtesse Vera Degenwart mit mir verlobt ist!?«

Peter wollte antworten, doch Vera kam ihm zuvor: »Ich bin mit Ihnen, Herr von Rotweil, nicht mehr verlobt. Sie sollten das nach unserer gestrigen Aussprache wissen. Belästigen Sie uns nicht!«

Rotweil lüftete seinen Strohhut, und zu Vera gewandt fuhr er fort: »Du irrst, Vera, du bist meine Braut und sollst sofort zu deinem Vater nach Hause kommen. Graf Degenwart wird dir alles weitere mitteilen.«

Peters Wangen färbten sich rot. Er fühlte, daß er eine lächerliche Figur abgab. Seine Gestalt straffte sich. »Herr von Rotweil, Sie haben von der Komtesse gehört, daß Sie kein Recht mehr auf sie haben. Bitte, lassen Sie uns in Ruhe! Wir verzichten auf Ihre Begleitung.«

Rotweil verlor die Haltung. »Herr Leutnant sind wohl betrunken. Sie wissen nicht, was Sie sprechen!«

Peters Hand faßte den Säbelknauf; rote Kreise flimmerten vor seinen Augen.

»Peter!« rief Vera erschrocken und klammerte sich an seinen Arm.

Rotweil sagte mit schnarrender Stimme: »Ich finde Ihr Benehmen lausbübisch, Herr Leutnant!«

Vera wollte Frieden stiften. »Peter, ich bin bei dir! Ich bleibe bei dir! Schäm dich, Felix! Schäm dich!«

»Sie werden von mir hören, Herr Baron!« Das war eine Herausforderung zum Duell.

Stunden später hatte Peters Bursche im Delikatessengeschäft zwei Flaschen Bier, hundert Gramm Schinken, zwei Paar Frankfurter Würstel, eine Schachtel Sardinen und vier Semmeln geholt, dann den kleinen Tisch im ersten Zimmer gedeckt, zwei flache Teller, zwei Gläser, Besteck, Servietten und Zahnstocher aufgestellt.

Peter gab ihm eine Krone Trinkgeld. »Hast frei bis morgen früh. Unterhalt dich gut.«

Istvan, sein Bursche, ein Bauernsohn aus Ungarn, grinste über das ganze Gesicht. Schnell wichste er seine Stiefel auf Hochglanz. Bis zur letzten Retraite konnte er mit seiner Anuschka, einer treuen Landsmännin, über ihren zukünftigen Hausstand, über Kukuruzfelder, Schafkäse, Kinderkriegen und Feldbestellung sprechen. Für Istvan war das Leben wunderschön. Sein Herr Leutnant war für ihn ein Gott. Er ahnte nicht, daß sein geliebter Leutnant Peter Rainer beleidigt worden war.

Peter wußte, was er zu tun hatte. Morgen früh würde er seine Kameraden, den Oberleutnant Pierlinger und den Hauptmann Brögler ersuchen, dem Reserveoffizier Felix von Rotweil in seinem Namen eine Forderung zu überbringen. Bedingung: dreimaliger Kugelwechsel, möglichst Mindestdistanz. Auf schwere Säbel sollten sich die Sekundanten nicht einlassen. Aber all das würde erst morgen sein.

Heute war das Glück bei ihm.

Vera kam zu ihm. Sie nahm Schleier, Hut und Mantel ab und

setzte sich neben ihn, ganz als wäre sie bei ihm zu Hause.

Er küßte ihre Hand. »Du weißt nicht, was dein Besuch für mich bedeutet!«

»Liebst du mich, Peter?«

»Aus ganzem Herzen!«

»Dann erfüll mir einen Wunsch!«

»Jeden!«

»Schwöre, daß du dich mit Felix nicht schlagen wirst!«

»Das kann ich nicht.«

»Unserer Liebe wegen, schwör mir's!«

»Das ist unmöglich, Vera! Bedenke doch! Rotweil erzählt heute nacht schon, daß er mich beleidigt hat und daß ich mit einer Forderung gedroht habe. Wenn diese Forderung nun nicht kommt, weißt du, was dann geschieht? Mein Oberst wird mich rufen lassen und mich zur Rede stellen. Alle meine Kameraden werden mich der Feigheit bezichtigen. Ich bin ein Ehrloser, wenn ich nicht zu meinem Wort stehe. Ich könnte nicht länger Offizier bleiben ...«

»Aber ich will nicht, daß du dein Leben aufs Spiel setzest«, stammelte Vera, »ich könnte es nicht ertragen!«

»Ich bin ein guter Schütze«, versuchte er sie zu beruhigen.

»Aber ich will auch nicht, daß du zum Mörder wirst! Und das meinetwegen, alles meinetwegen!«

Er nahm sie zärtlich schützend in die Arme und küßte ihr die Tränen von den Wangen. »Vera, Geliebte, es wird alles gut werden, ich verspreche es dir!«

In dieser Nacht blieb Vera Degenwarts Zimmer im Palais ihres Vaters leer. Sie war bei ihrem Geliebten in der Stiftskaserne, zweiter Stock, rechter Seitenflügel. Sie lag, den Kopf an Peters Brust gekuschelt, das blonde Haar zerzaust, und schlief.

Peter war glücklich und traurig zugleich. Der Zusammenstoß mit Rotweil hatte ihn aus seinen Träumen gerissen. Er hatte begriffen, daß eine ganze Gesellschaftsschicht geschlossen gegen ihn stand.

Nie würde Veras Vater die Kaution für ihn stellen. Wenn er Vera heiratete, würde er den Soldatenrock ausziehen müssen.

Was sollte er dann anfangen? Weinreisender werden? Versicherungsagent? Er hatte ja nichts gelernt. Er war in der Kadettenschule erzogen worden.

Würde Vera, die schöne, verwöhnte Vera, mit ihm glücklich werden können? Würde sie, die in einem Palais aufgewachsen war, sich mit Zimmer und Küche begnügen können?

Er dachte an Hauptmann von Komocvars Worte: »Wenn du Generalstäbler werden willst, mußt du in deinem Privatleben vorsichtig sein!«

Lautlos stand Peter auf. Gut gesichert steckte sein Dienstrevolver im Lederfutteral. Er zog ihn heraus. Wenn er Vera und sich erschoß, würde alle Qual ein Ende haben. Ihre Probleme wären gelöst.

Aber würden sie über den Tod hinaus zusammenbleiben?

Schlaftrunken rief Vera und tastete nach ihm. »Wo bist du, Peter? Bitte, geh nicht fort! Geh nie mehr fort!«

Er steckte den Revolver zurück, legte sich neben sie und zog sie an sein Herz.

Sie schmiegte sich eng an ihn. »Jetzt weißt du, wie sehr ich dich liebe«, flüsterte sie, »jetzt habe ich es dir bewiesen, nicht wahr?«

»Ja, das hast du.«

»Und du wirst auf das dumme Duell verzichten?«

»Vera ich . . .«

Sie legte ihm den Finger auf den Mund. »Erkläre mir nichts, ich will es nicht verstehen! Versprich mir, daß du Rotweil nicht forderst!«

Peter gab sich geschlagen. »Ja, ich verspreche es!«

»Mein Alles, mein Geliebter!« Sie schlang ihre nackten zarten Arme um seinen Hals. »Wie sehr ich dich liebe!«

Drei Tage später wurde Peter zu seinem Regimentskommandanten gerufen.

Oberst Koloman von Nagy, Offizier und Kavalier alter Schule, musterte sekundenlang seinen jüngsten Leutnant Peter Rainer.

»Eine Schande ist's, Herr Leutnant. Lassen sich von einem

Zivilisten, von einem Reserveonkel beleidigen und kneifen vor dem Duell! Ihr Herr Vater müßte sich im Grabe umdrehen! Sein einziger Sohn muß wegen Feigheit seinen Abschied vom Regiment nehmen. Und alles wegen einer dummen Liebesgeschichte. Euch jungen Leutnants sollte man den Hintern versohlen, wenn ihr verliebt seid!«

Oberst von Nagy war rauh, aber er hatte im tiefsten Grunde seiner Soldatenbrust ein gutes Herz. »Komm her! Habe deinen Vater gut gekannt. War mein Vorgesetzter, hat mich aus einer großen Patsche herausgerissen. Ich will dir gerne helfen. Sprich offen mit mir! Warum schickst du diesem Herrn von Rotweil nicht deine Forderung? In allen Kasinos erzählt man sich, daß er dich beleidigt hat. Du hast ihm sogar angekündigt, ihm deine Sekundanten zu schicken. Geh sofort hin und schieß ihm ein Loch durch den Schädel! Denk an unser Regiment, an deine Kameraden und auch an deine Soldaten! Der Vorgesetzte muß tadellos vor ihnen stehen. Auch Seine Majestät kann keine ehrlosen Offiziere in der Armee brauchen. Die Ehre des Vaterlandes ist das Höchste, was jeder Soldat verteidigen muß!«

Peter stand, die Augen geradeaus, vor seinem Oberst. »Ich hab's versprochen«, brachte er endlich mühsam heraus.

»Was versprochen?«

»Es nicht zu tun.«

»Wem? Dem Mädchen etwa? Das beweist doch nur, daß sie diesen windigen Kerl liebt.«

»Nein, Herr Oberst.«

»Du wagst auch noch, mir zu widersprechen!?« brüllte Oberst von Nagy empört. »Herr Leutnant, Sie begeben sich auf Ihr Zimmer und schreiben Ihren Abschied. Danke!«

Peter machte die vorgeschriebene Kehrtwendung. Mit sechs Schritten war er bei der Tür, kehrte um und nahm nochmals Habachtstellung ein. Der Rapport beim Regimentskommandanten war vorbei.

Im Degenwartschen Palais erklärte Vera ihrem Vater kurz und bündig, daß sie die Geliebte des Infanterieleutnants Peter Rainer sei.

»Lieber Vater, ich bin auch bereit, diese Tatsache deinem von dir so stark geförderten Herrn von Rotweil mitzuteilen. Ich fühle mich schon heute als Peters Frau, wir lieben uns. Peter zahlt seine Liebe zu mir mit seiner Ehre. Er hat mir versprochen, Rotweil nicht zu fordern. Wir wollen ins Ausland. Bitte, zahle mir mein mütterliches Erbteil aus. Mit diesem Geld wollen wir in Südamerika unser Leben aufbauen.«

Graf Degenwart, der sonst allen Gefahren mutig zu begegnen pflegte, stöhnte müde auf. »Mein Kind, dein Geständnis und deine beziehungsweise eure Entschlüsse zwingen mich, dir die volle Wahrheit zu sagen. Urteile dann nicht zu hart. Das Vermögen deiner Mutter habe ich verspekuliert und beim Spiel verloren. Herr von Rotweil hat meine Schulden aufgekauft. Alles Geld, das wir für unseren Haushalt brauchen, war von ihm. Alles gehört ihm, auch meine Ehre. Wenn Felix die Wechsel, die ich gefälscht habe – erschrick nicht, Vera, jawohl, ich habe die Namen der Bürgen, es sind deine edlen Onkel, gefälscht –, nicht einlöst, bin ich als Betrüger dem Gesetz verantwortlich. Ich werde mich keinem Staatsanwalt stellen. Nachdem du dein Wort Herrn von Rotweil nicht einlösen willst, bin ich gezwungen, mein Leben anständig zu beschließen, anständiger, als ich es gelebt habe.«

Vera war leichenblaß geworden. »Das kann doch nicht sein, Vater!« stöhnte sie fassungslos.

»Du mußt den Tatsachen ins Gesicht sehen.«

»Aber das Erbe meiner Mutter? Du konntest doch gar nicht ...«

»Es gibt immer Mittel und Wege!«

»Vater!«

»Ich bedauere, daß ich dir das eröffnen muß, Kind. Wenn du gescheit gewesen wärst, hättest du es nie erfahren.«

»Du willst mich nur in die Ehe mit Rotweil zwingen!«

»Nein, Vera. Ich hatte gehofft, du würdest mit ihm glücklich werden!«

Vera warf sich vor dem Vater in die Knie. »Ich liebe nur Peter! Du mußt uns helfen, Vater! Peter wird seinen Leutnantsrock ausziehen müssen.«

»Und dann? Was soll dann werden? Das Geld, auf das du spekuliert hast, ist nicht mehr da. Womit wollt ihr ins Ausland? Wovon wollt ihr leben?«

»Wir sind jung.«

»Ihr habt beide nichts gelernt. Nein, Vera, es gibt für dich nur einen einzigen Weg. Du mußt Rotweil heiraten. Nur so kannst du deinen Geliebten retten.«

In Veras Kopf wirbelten die Gedanken. Verzweifelt suchte sie nach einem Ausweg. Sie fand keinen.

Ohnmächtig brach sie zusammen.

Zwei Stunden später wurde Peter in das Degenwartsche Palais eingelassen. Er wollte den Grafen sprechen und bei ihm um Veras Hand anhalten.

»Die Komtesse hat befohlen, daß Sie sie zuerst aufsuchen möchten«, sagte der Diener.

Er führte Peter in Veras Boudoir. Sie lag in einem blauseidenen leichten Negligé auf ihrer Chaiselongue und wirkte leidend.

Auch Peter war blaß, doch er versuchte tapfer, sich seine Niedergeschlagenheit nicht anmerken zu lassen. »Es ist alles vorbei, Vera, ich habe meine Entlassung eingereicht.«

»Wir können nicht heiraten!« erklärte sie, und mit zuckenden Lippen berichtete sie ihm, was ihr Vater ihr eröffnet hatte. »Du siehst also«, endete sie, »wir sind ruiniert. Wenn ich Rotweil nicht heirate, verpfusche ich dein Leben und mache mich schuldig am Tod meines Vaters.«

»Ich kann nicht ohne dich sein, Vera!« rief er leidenschaftlich.

»Ach, Peter, wir waren wie Kinder. Wir hatten gehofft, die Sterne vom Himmel holen zu können. Aber das ist unmöglich.«

Er spürte, daß er sie nicht umstimmen konnte, wollte es auch selber schon nicht mehr aus ganzem Herzen. Sein Gefühl bäumte sich gegen die Entscheidung auf, aber sein Verstand sagte ihm, daß es keine andere Lösung gab.

»Dann werde ich Felix von Rotweil meine Forderung schicken.«

»Was könnte dich jetzt noch daran hindern?«

»Einer von uns ist zu viel auf dieser Welt.«

»Ich habe nicht mehr die Kraft, gegen das Schicksal anzukämpfen.« Sie schloß gequält die Augen.

Er wagte nicht einmal, sie zum Abschied zu küssen, so bleich und durchscheinend sah sie aus, so zart und zerbrechlich.

Lautlos schloß er die Tür hinter sich.

Erst dann brach sie in heiße Tränen aus.

Oberst Koloman von Nagy nahm Peter Rainers Entschluß erleichtert zur Kenntnis.

In der Reitschule zu Mariahilf knallten Pistolenschüsse. Peter wurde getroffen. »Schwerer Schulterschuß – kampfunfähig«, erklärten Arzt und Sekundanten.

Wochenlang schwebte Peter zwischen Leben und Tod; doch seine starke Jugend siegte.

Im »Salonblatt«, der Zeitschrift für Adel, hohe Militärs und bürgerliche Hoflieferanten, die in Wien erschien, waren Bilder der hochgeborenen Braut Vera Komtesse von und zu Degenwart-Wiesendeut und des hochwohlgeborenen Herrn Leutnants der Reserve Doktor Felix von Rotweil zu sehen. Darunter stand eine rührselige Liebesgeschichte und die Nachricht, daß die Trauung am Sonntag, dem 1. Juli, stattfinden würde. Es folgte noch die Beschreibung des Brautkleides der Komtesse Vera. Die Seide war aus Lyon, die Spitzen kamen aus Brüssel und die Atlasschuhe aus Petersburg. Im Kaffeehaus konnte jedermann bei schwarzem Kaffee oder beim Glas Slibowitz seine Betrachtungen über die beiden »Liebenden« anstellen; im Jockey-Club, im schwarzgelben adeligen Club und in den hochherrschaftlichen Zirkeln wurde über die bevorstehende Hochzeit viel gesprochen.

Doch die wahre Liebesgeschichte der Komtesse Vera blieb ebenfalls kein Geheimnis. Er, der Geliebte, sei ein junger unbedeutender Leutnant bürgerlicher Herkunft, ein Habenichts gewesen. Fast sei es ihm gelungen, dem reichen Felix von Rotweil die Braut wegzunehmen. Die leicht zu beeindruckenden Backfische schwärmten für diesen unbekannten Leutnant, während die Eltern heiratsfähiger Töchter von der Liebesgeschichte mit einem armen Leutnant schockiert waren.

Auch das Duell zwischen Peter und Felix wurde in das Licht der Öffentlichkeit gezerrt. In einem oppositionellen Blatt stand als Lokalglosse unter der Überschrift »Gräfin und Leutnant« Peters und Veras Geschichte. Gezeichnet war der Artikel von Osias Hirschfeld. Der Verfasser forderte bei dieser Gelegenheit die revolutionären Arbeiter auf, dem Treiben der Aristokraten mehr Beachtung zu schenken. »Heute ist es ein Leutnant, den ein Adeliger über den Haufen schießt; morgen kann es einer von euch sein!«

Lieferanten eilten bis spät abends, Tag für Tag, über die Hintertreppe des Degenwartschen Palais. Wäsche, Geschirr, Silber, Schmuck, Möbel wurden ins Haus gebracht und neue Bestellungen entgegengenommen.

Felix von Rotweil hatte in seiner Hietzinger Villa unter der Aufsicht eines Architekten die Zimmer herrichten lassen. Die Dienerschaft im Hause Rotweil wurde bis auf Alois entfernt. Felix hatte die Entlassung des alten Dieners längst widerrufen. Er zahlte den Leuten, die sein Haus verließen, ein volles Jahresgehalt aus. Er wollte in seinem neuen ehelichen Haushalt keine Zeugen aus der Zeit seines tollen Junggesellenlebens haben.

Die Tage im Juni wurden heiß und schwül. Drohende schwarze Wolken standen über der großen österreichisch-ungarischen Monarchie. Frankreich und Rußland im Bündnis mit England und vielen anderen kleinen Staaten waren Österreich-Ungarn und seinem einzigen Freund Deutschland nicht gewogen.

Schicksalsschwer durcheilte die Nachricht von der Ermordung des österreichischen Thronfolgers Franz Ferdinand und seiner ihm morganatisch angetrauten Gattin, der Fürstin Hohenberg, geborener Chotek, die Länder. Das Thronfolgerpaar fiel in Sarajewo am 28. Juni 1914 den Revolverschüssen des Serben Princip zum Opfer. Der alte Kaiser Franz Josef, der in all den Jahren seiner Regierung das weite Habsburgerreich immer wieder mit Mühe und Not zusammengehalten hatte, trug auch diesen schweren Schicksalsschlag ohne äußere Zeichen des Schmerzes. Er stand, wie jeden Morgen, um vier Uhr auf und war um fünf Uhr schon an seinem Schreibtisch.

Staatsminister und Sektionschefs warteten um diese Zeit im Vorzimmer darauf, dem ersten Diener der Monarchie Rechenschaft über ihre Tätigkeit abzulegen.

Gesandte und Militärattachés waren mit düsteren Mienen in den Räumen des Ministeriums des Auswärtigen zu finden, angereist aus aller Herren Länder. Sie berieten, telegrafierten an ihre Regierungen, verhandelten, dechiffrierten, sandten selbst chiffrierte Telegramme – in aller Leute Mund war das schicksalsschwere Wort: »Krieg!«

Die Vertreter ausländischer Presseagenturen versuchten, geheime Nachrichten für ihre Blätter zu bekommen. Der deutsche Kaiser bekundete seinem österreichisch-ungarischen Bundesbruder Franz Josef, daß er ihm die Treue halten werde.

Seit dem Jahre 1877 hatte es keinen Krieg mehr gegeben. Das Volk lebte im goldenen Zeitalter. Die Betrunkenen gröhlten von »anno dazumal« und daß die Menschheit damals in Saus und Braus gelebt habe.

Aber das würde nun bald wieder anders werden. Die Schüsse von Sarajewo waren der Auftakt, das Signal. Niemand zweifelte daran, daß der Krieg in vierzehn Tagen – oder längstens in einem Monat – beendet sein würde. »Aus Serbien machen wir Reisfleisch« stand mit Kreide auf vielen an die Front rollenden Eisenbahnwaggons geschrieben.

Die Regimenter aus Wien wurden in Abständen von acht bis vierzehn Tagen nach Galizien an die russische Front geschickt. Schon stand in der Zeitung von der Heldentat eines österreichischen Leutnants zu lesen, der mit seiner Husarenpatrouille siegreich in Rußland eingedrungen war.

Kaiser Franz Josef erließ eine Proklamation »An meine Völker«, in der er seine Untertanen zu den Fahnen rief. Der deutsche Kaiser tat den berühmt gewordenen Ausspruch: »Ich kenne keine Parteien mehr, ich kenne nur noch Deutsche!«

Der Krieg entbrannte, von manchen gewünscht, von keinem richtig vorbereitet.

Patriotische Lieder singend, fest an einen leichten Sieg glaubend, zogen die Bürger durch die Stadt, saßen die Krakeeler und Weinbeißer in den Wirtshäusern, Zündhölzer vor sich auf dem Tisch, und spielten Strategie.

Aus den Alpenländern wurden die Tapfersten und Stärksten von ihren Höfen, von ihrer Arbeit geholt. »Krieg« war die Losung.

Die Hochzeit von Felix und Vera, die im Dom zu St. Stephan stattfinden sollte, wurde verschoben und der Termin auf den 18. Juli festgesetzt. Felix konnte durch seine Verbindungen seine Einberufung zum Militärdienst verhindern. Er gab dem Roten Kreuz einen Scheck auf achtzehntausend Kronen. Daraufhin stellte ein Regimentsarzt bei ihm ein schweres Herzleiden fest. Felix ließ sich für die Hochzeit noch eine schneidige Uniform anfertigen. Er wollte als Offizier an der Seite seiner Braut an den Altar treten.

Vera ließ apathisch alles mit sich geschehen. Auf alle Fragen hatte sie immer nur ein gleiches »Ja, ja, ja«. Zu großer Schmerz tobte in ihrem Herzen. Von ihren Wangen war alle Frische gewichen, sie hatte ihr Lächeln verlernt, ihre Fröhlichkeit war dahin.

Vertreter aus Adels-, Bank-, Industrie-, Militär- und Gelehrtenkreisen mit klingenden Namen hatten ihr Erscheinen bei der kirchlichen Hochzeitsfeier zugesagt.

Graf Degenwart war durch die Vorkommnisse der letzten Zeit sehr gealtert. Seine früher so bekannt aufrechte Gestalt war gebeugt, das Haar fast silbern, die Sprache nicht mehr herrisch. Müde und schuldbeladen schlurfte er durch sein Haus. Die Stunde der inneren Abrechnung war für ihn gekommen und hatte ihre Spuren hinterlassen.

Auch wenn er sich an Cognac oder Champagner betrank, wurde ihm nicht wohler. Nicht einmal Pokerspiel konnte den gräflichen Vater ablenken. Das Schicksal, das er seinem Kind aufgebürdet hatte, trug er mit.

Kein Wort der Klage kam über Veras Lippen, sie beschuldigte auch niemanden, nicht den Vater und nicht die hochgeborenen Verwandten. Sie wußte, nicht die Vettern, die Onkel, die Schwager, nicht die ordenbedeckten Herren im Frack konnten ihr helfen – niemand konnte ihr helfen. Ohne zu lächeln, jedoch mit höflichem Kopfnicken, nahm sie viele wohlgemeinte Glückwünsche zu ihrer bevorstehenden Vermählung entgegen. Eines hatte Vera gelernt: Innerer Adel hatte nichts mit vererbtem Adel zu tun.

Schon am Vorabend der Hochzeit füllte sich das Degenwartsche Palais mit Gästen, die zur Gratulationscour kamen. Vera war noch in ihrem Boudoir. Sie war fertig angezogen und hatte das blonde Haar kunstvoll frisiert. Ihre Zofe hatte sie fortgeschickt. Verloren betrachtete sie sich in dem hohen Spiegel. Sie war immer noch schön. Die dunklen Schatten ließen ihre Augen noch größer erscheinen. Aber nichts mehr war von der blühenden Frische geblieben, die ihr noch vor wenigen Wochen so selbstverständlich gewesen war.

Von unten klangen Gelächter, Gläserklirren und Stimmen zu ihr herauf. Aber sie konnte sich nicht entschließen, zu den Gästen zu gehen. Es war ihr verhaßt, sich feiern zu lassen, strahlender Mittelpunkt sein zu sollen.

Es wurde an die Tür gepocht.

»Ja?« sagte sie gleichgültig und drehte sich um.

Felix von Rotweil trat ein, zum ersten Mal in seiner eleganten, maßgeschneiderten Uniform.

»Na, wie gefalle ich dir?« fragte er lächelnd.

Wenn sie gerecht gewesen wäre, hätte sie zugeben müssen, daß er sehr gut aussah. Aber sie konnte ihm gegenüber nicht mehr gerecht sein, sondern betrachtete ihn mit einer Abscheu, die sie nur mühsam verbarg.

Sein Lächeln verschwand, und die Situation begann peinlich zu werden.

Nur um überhaupt etwas zu sagen, fragte sie: »Willst du in den Krieg ziehen?«

»Ich denke nicht daran!« erwiderte er glasklar. »Ich werde das Ende des Krieges hier an deiner Seite abwarten.«

»Feigling!« fuhr es ihr heraus.

In seinem Gesicht ging eine schreckliche Veränderung vor; es wurde dunkelrot und verzerrte sich. »Du elende Schlampe! Du wagst mir das zu sagen?!« brüllte er.

Vera war mehr erstaunt als erschrocken, denn noch nie hatte sie solche Worte und solch einen Ton zu hören bekommen. »Wie redest du denn mit mir?«

»Wie du es verdienst! Meinst du denn, ich wüßte nicht, was du mit diesem Burschen getrieben hast? Du hast mich betrogen, noch ehe wir verheiratet sind!«

»Und was war mit Gusti Dankl?« Auch ihr Gesicht hatte sich gerötet.

»Ich bin ein Mann. Bei einem Mann ist das etwas ganz anderes!«

»Du hast recht, es war etwas anderes! Du hast das arme Mädel belogen und unglücklich gemacht, du hast sie sitzen lassen, als du genug von ihr hattest. Aber ich habe Peter geliebt, und ich liebe ihn immer noch!«

»Hure!« Er hob die Hand, als wollte er sie schlagen, beherrschte sich aber gerade noch. Statt dessen sagte er: »Du solltest dankbar und glücklich sein, daß ich dich noch nehme.«

»Warum tust du es denn?«

Beinahe hätte er gesagt: »Weil ich dich trotz allem liebe!« Aber ihre eisige Ablehnung machte es ihm unmöglich, diese Worte über die Lippen zu bringen. »Weil ich sicher bin, daß ich dir deine Flausen noch austreiben werde. Wenn du erst meine Frau bist, wirst du nur noch tun und lassen, was ich will. Den nächsten deiner Liebhaber schieße ich nicht in die Schulter, sondern ins Herz. Schade, daß ich den anderen nicht besser getroffen habe!«

Sie hatte Mühe, Fassung zu bewahren. »Du bist grausam!« rief sie. »Grausam und gemein!«

Er lachte höhnisch auf. »Das kannst du mir alles erzählen, wenn wir verheiratet sind. Dann habe ich bessere Antworten parat, nämlich mit der Reitpeitsche.«

Sie wich vor ihm zurück. »Ich heirate dich nicht, nein, ich kann's nicht! Und wenn die Welt zugrunde geht. Niemand kann von mir verlangen, daß ich ein Untier wie dich heirate!«

Er merkte, daß er zu weit gegangen war, und versuchte

einzulenken. »Komm, komm, sei vernünftig! Unsere Gäste warten. Du willst doch keinen Skandal!«

»Ich heirate dich nicht, Felix.«

»Du bist jetzt wütend. Tschapperl, das kann ich ja verstehen. Ich war ziemlich aufgeregt. Entschuldige, es soll nie wieder vorkommen. Also komm schon.«

Sie folgte ihm widerstrebend, aber sie war zu keinem klaren Gedanken mehr fähig.

Auch Oberst von Nagy war zur Gratulationscour erschienen. Als Vera ihn entdeckte, brannte sie darauf, mit ihm zu sprechen. Aber wenn sie nicht das Mißtrauen ihres Verlobten erwecken wollte, mußte sie warten, bis die Stimmung gelöster wurde.

Gefaßt nahm sie alle Glückwünsche entgegen.

Endlich war es so weit. Um Felix hatte sich ein Kreis von Freunden und Schmarotzern geschart. Er redete mit lauter Stimme und versuchte sich und den anderen vorzumachen, daß er ein beneidenswerter Mann sei.

Vera machte sich von einigen Damen frei und schlenderte, ein Champagnerglas in der Hand, zu Oberst von Nagy. Er wandte ihr sofort seine ganze Aufmerksamkeit zu.

»Wie geht es Peter?« fragte sie leise.

»In ein paar Tagen wird er mit seinem Regiment nach Galizien abmarschieren, selbstverständlich feldmarschmäßig.« Er nahm ihren Arm und führte sie in den Garten.

»Und wo ist er jetzt?« fragte sie weiter.

»Kann Sie das wirklich noch interessieren?« fragte er lächelnd. »Eine Braut am Vorabend ihrer Hochzeit? Bitte, verlangen Sie nicht von mir, daß ich ihm Grüße bestelle. Ich bin kein Postillon d'amour, zu diesem Beruf tauge ich nicht.«

»Ist er in der Kaserne?«

»Nein, er hat vor dem Abmarsch ein paar Tage Urlaub bekommen. Er wohnt bei seinem Onkel.«

»Draußen in Sievering?« Peter hatte Vera von seinem Onkel erzählt.

»Ja, so wird's wohl sein.«

»Ich danke Ihnen, Herr Oberst, ich werde zu Peter gehen.«

»Um Abschied zu nehmen?« fragte Oberst von Nagy unbehaglich. »Gut, das verstehe ich. Aber ich hoffe, Sie nehmen Ihren Gatten mit. Es wäre gut, wenn die beiden sich aussöhnten.«

Darauf wußte Vera nichts zu sagen.

»Sie werden es doch nicht zu einem Skandal kommen lassen?« Oberst von Nagy runzelte die Stirn.

Vera rang sich ein Lächeln ab. »Machen Sie sich keine Sorgen!«

Oberst von Nagy schlug die Hacken klirrend zusammen, verneigte sich und küßte Veras Hand. »Ich wünsche Ihnen von Herzen alles Gute, Komtesse!«

Am nächsten Morgen kamen immer wieder Pakete, Telegramme und Blumen. Alles war für die Hochzeit bestimmt, die heute, am 18. Juli, stattfinden sollte. Die ganze Nacht hatte es geregnet, und immer noch war der Himmel grau.

Graf Degenwart, für die Festlichkeit fertig angezogen, im Frack mit einer Reihe von Orden, küßte seine Tochter auf die Stirn. »In einer Stunde hole ich dich ab.«

Vera stand in ihrem Zimmer. Das Brautkleid, der Myrtenkranz, der lange Schleier, die Atlasschuhe - alles war bereit. In einer mit blauem Samt ausgeschlagenen Schatulle lagen die Schmuckstücke: ein schmales, brillantenbesetztes Diadem, Armspangen, Ringe, Broschen - Geschenke, die Felix beim ersten Juwelier der Stadt für seine Braut hatte anfertigen lassen.

Felix war nie knauserig. Alles, was im Hause Degenwart gebraucht wurde, war von ihm bezahlt worden. Rechnungen über Rechnungen waren gekommen - er prüfte sie kaum; prompt wurden sie beglichen.

Die Hochzeitstafel war im Hotel Sacher bestellt. Dreihundertfünfzig Gäste, davon einhundertsechzig Paare, sollten teilnehmen. Mama Sacher, wie die Besitzerin dieses weltbekannten Hotels genannt wurde, kannte Felix von seinen vielen kleinen verschwiegenen Soupers. Sie wußte, daß Geld bei ihm keine Rolle spielte, und hatte ihm eine opulente Hochzeitstafel versprochen.

Vor dem Degenwartschen Palais standen, mit wasserdichten Plachen zugedeckt, die Equipagen; edle Pferde waren vorgespannt. Die Braut sollte abgeholt werden.

Vera stand immer noch, obwohl die Kammerzofe zum Ankleiden mahnte, am Fenster und starrte hinaus ins Graue. »Ich werde Sie rufen, Melanie – lassen Sie mich jetzt allein.«

Die Zofe nahm ein Nadelkissen und verließ das Zimmer.

Vera ging durch den Raum. Hochzeitskleid, Myrtenschmuck, Atlasschuhe – alles wartete auf sie. »Nein!« sagte sie zu sich selbst. »Nein, nein!«

Schnell war ein kleiner Koffer gepackt – nur mit dem Notwendigsten, ein paar Toilettesachen, ein Nachthemd. Rasch zog sie ein englisches Kostüm an, das vor einem Jahr aus Paris geliefert worden war.

Auf Zehenspitzen lief sie über die Hintertreppe. Sie kannte genügend Ausgänge. Rasch war der Garten durchquert.

Andreas, der Gärtner, glaubte seinen Augen nicht zu trauen, als er Vera, die hochgeborene Braut, über den Kiesweg laufen sah. Die kleine Gartentür, die nach der Einsiedelstraße führte, war geschlossen.

»Andreas!« rief Vera. »Andreas, aufsperren!«

Plötzlich erinnerte Vera sich, daß sie kein Geld bei sich hatte; sie mußte nach Sievering.

Andreas kam angehumpelt, die Schlüssel in der Hand.

»Andreas, haben Sie Geld bei sich? Geben Sie mir schnell etwas Geld!«

Mechanisch tat er alles, was Vera von ihm verlangte. Er sperrte auf, griff in die Hosentasche, suchte klimpernd sechzig Heller zusammen. »Komtesse, ich laufe nur schnell in mein Zimmer, dort habe ich von einem Jahr den gesparten Lohn, und in der Landessparkasse habe ich tausenddreihundertfünfzig Kronen liegen. Alles können gnädigste Komtesse haben.«

»Danke, lieber Andreas«, sagte sie lächelnd, »mir genügen schon die sechzig Heller. Aber eines: Du darfst niemandem sagen, daß ich durch die Gartentür fort bin, oder wenigstens nicht sofort sagen, morgen kannst du alles erzählen.«

Andreas verbeugte sich. »Ja, gnädigste Komtesse. Aber der Regen – soll ich nicht einen Schirm ...?«

»Danke, Andreas, danke.« Und fort war Vera.

Kopfschüttelnd blieb der Gärtner stehen. In seinem Hirn gingen die Gedanken wirr durcheinander. Tausend Rosen hatte er heute früh für die Hochzeit schneiden müssen – und für wen? Die gräfliche Braut war fort.

Die sechzig Heller in der Hand überlegte Vera, wie man nach Sievering kam. Wo war Sievering?

Ein Wachmann, der freundlich salutierend an der Ecke der Einsiedelgasse stand, gab ihr langatmig Auskunft. »Sie steigen zuerst hier in einen B-Wagen ein, mit dem fahren Sie zum Schottentor. Dort steigen Sie aus und warten auf einen Neununddreißiger. Und der fährt direkt bis nach Sievering. Haben Sie mich verstanden, oder soll ich's Ihnen noch einmal erklären?«

»Vielen Dank, da kommt schon ein B-Wagen«, rief Vera, ließ den Polizisten stehen und stieg in die Straßenbahn ein.

Der Wachmann schaute der Davoneilenden verdutzt nach. Schade, dachte er, ist ein fesches Mädel gewesen! Mit dem hätt' ich mich gerne länger unterhalten. Na, vielleicht sehe ich sie wieder einmal.

Vera fuhr zum erstenmal in der Straßenbahn. Ängstlich gab sie ihre sechzig Heller dem freundlich nach dem Ziel fragenden Schaffner, der sie auch darüber aufklärte, daß sie nicht mehr umsteigen brauchte.

Ein Betrunkener, kein Krakeeler, sondern einer, der fröhlich berauscht war, murmelte vor sich hin. Da ihn niemand anhören wollte, drehte er sich zu seiner Nachbarin, einer dicken kleinen Frau mit einer Korbtasche auf dem Schoß.

»Wissen Sie, ich bin dafür, daß die Kleine Reserl heißen soll! Gefällt Ihnen der Name auch so gut wie mir?«

Vera und die übrigen Fahrgäste erfuhren nun, daß der Rausch des redseligen Mannes ein Freudenrausch war. Er war Vater geworden und kam vom Allgemeinen Krankenhaus. Dort hatte in der vergangenen Nacht seine Frau ein Mädchen geboren.

»Na ja«, sagte er, »es hätt' auch ein Bub sein können, aber ein Mäderl ist auch schön. Man hat halt mehr G'frett, wenn sie größer werden, die Weiberleut'. Immer muß man aufpassen, daß ihnen nichts Unrechtes zustößt. Eigentlich hab' ich mich heut schon geärgert. Da ist einer in das Spital gekommen, der ist auch Vater geworden. Wie der gehört hat, daß ihm seine Frau keinen Buben geschenkt hat, hat er nicht zu ihr ins Krankenzimmer gehen wollen. ›Waas?‹ hat er gesagt. ›Meine Frau hat mir keinen Buben geschenkt? Da will ich sie gar nicht sehen!‹ Darüber hab' ich mich geärgert. Als ob so eine arme Frau was dafür könnt', daß es kein Bub ist! Ich hab' ja ein Glück gehabt, daß ich meine Frau gefunden hab'. Die ist ein richtiges Weiberl. Kaum hat sie entbunden, sagt sie zu mir: ›Na, ich glaube, du hast in aller Frühe schon einen Wein getrunken?‹ – ›Aber Poldi‹, hab' ich gesagt, ›wie kommst du auf solche Gedanken?‹ – ›Wie ich draufkomme?‹ sagt sie. ›Du stinkst ja nach Alkohol!‹ Dann hat sie gesagt: ›Gell, du bist nicht böse, weil's kein Bub ist? Nächstesmal wird es bestimmt einer!‹ – ›Aber Poldi‹, hab' ich gesagt, ›nächstesmal werd' ich mich halt mehr anstrengen!‹«

Eine lang aufgeschossene Dame verzog ablehnend den Mund. Sie hatte für den beschwipsten Kindsvater sichtlich nichts übrig. Die anderen Fahrgäste gratulierten. In den Augen des glücklichen Vaters standen Freudentränen.

»Ich danke recht schön. Und nichts für ungut wegen meinem Schwips. Ein jeder muß halt das Glück tragen, wie er kann. Ich muß Wein trinken, wenn ich glücklich bin, und wenn ich traurig bin, auch. Gestern hab' ich getrunken, weil meine Frau in Lebensgefahr war, und heute trink' ich aus Freude, weil meine Frau alles so gut überstanden hat.«

Vera hatte die Worte des einfachen Mannes in sich aufgenommen. So mußte eine Ehe wohl sein.

»Endstation Sievering!« rief der Schaffner.

Weit draußen im Wiener Vorort Sievering, in einer kleinen Villa, versteckt zwischen jahrhundertealten Ahornbäumen und

Rotbuchen, die in sommerlichem Laubschmuck standen, wohnte Peter bei seinem Onkel Guido Rainer, einem alten schrulligen Sonderling, der mit Vorliebe Beethoven, Schubert, Wagner und Mozart so lange auf dem Flügel übte, bis er die Stücke auswendig spielen konnte. Onkel Guido war Musiker aus Passion und konnte sich diese Leidenschaft leisten. Sein Vermögen reichte – so hatte er sich's ausgerechnet – bis zu seinem neunzigsten Lebensjahr. Älter wollte er auf keinen Fall werden, betonte er stets.

Die Nachbarn grüßten ihn mit »Guten Morgen, Exzellenz«, obwohl er nie einen höheren Staatsbeamten-, Diplomaten- oder Militärposten innegehabt hatte. Die Sieveringer hatten ihn zur Exzellenz erhoben.

Onkel Guido bedauerte bei jeder Gelegenheit, sei es der Wirtschafterin Genoveva in der Küche, sei es dem Schuhmacher Weinzierl gegenüber, der ihn schon seit dreißig Jahren bediente, daß er den »Feldzug« – so nannte er diesen Krieg – nicht mitmachen konnte. »Wissen S', mein Neffe, der Peter, der wird mich vertreten, der wird für zwei kämpfen, für mich auch. Wissen S', Genoveva«, dabei hielt er die Hände fest in den Rocktaschen vergraben und stapfte in großen Hausschuhen im Musikzimmer auf und ab, »wissen S', diesmal wird anders Krieg geführt als anno sechsundsechzig. Ja, die Zeiten sind anders.«

Spontan setzte er sich an den Flügel und hämmerte den Radetzky- und dann den Rakoczymarsch herunter. »Wissen S', Genoveva, in dieser Zeit muß man kriegerische Musik machen.« Nach einer Pause: »Ist der Herr Leutnant schon da?«

»Nein, Exzellenz, das Peterl ist noch nicht da.«

»Sagen S' nicht immer: s' Peterl. Er ist doch schon Leutnant.« Onkel Guido hörte zu spielen auf. Die Flügelsaiten zitterten nach, so stark hatte er Tasten und Pedal in Anspruch genommen. Mit weit ausholenden Schritten ging er zur Bibliothek. Dort standen Flaschen. Auf der einen stand »Slibowitz«, auf der anderen »Kranebitter« und auf der dritten »Cognac«. Er trank ein Glas Cognac auf das Wohl des Herrn Leutnants, damit alles gut ausginge. »Daß alles gut ausgeht«, war der Trinkspruch der »alten Exzellenz«. Nie legte Onkel Guido sich auf einen Wunsch fest. Er hatte immer so viele Wünsche, daß er keinen davon zurücksetzen konnte. Zu seiner Wirtschafterin gewandt sagte er: »Genoveva, wir wollen dem Herrn Leutnant die letzten Tage, die er noch in Wien verbringt, schön machen. Ich verzichte auf alles und will gerne nur Kartoffeln essen. Er aber soll das Beste haben!«

»Jawohl, Exzellenz!« entgegnete Genoveva. »Glauben Sie, daß er von einer Kugel getroffen wird?« Ihre Augen füllten sich mit Tränen.

»Im Krieg muß man mit allem rechnen. Oder glauben S', daß der Feind mit Zwetschkenknödeln schießt? Übrigens, Zwetschkenknödel, die hat der Peter immer gern gegessen. Wollen wir nicht heute noch Zwetschkenknödel kochen?«

»Soll er die Zwetschkenknödel ins Feld mitnehmen?« fragte Genoveva erschüttert.

»Um Gottes willen, das wäre sehr wenig heldenhaft, wenn ein Soldat den Tornister aufmacht und statt Wäsche Zwetschkenknödel darin findet. Und, Genoveva, daß Sie sich nichts anmerken lassen, daß es uns schwer wird, weil er fort muß. Nicht weinen, auf keinen Fall, verstanden?«

Genoveva beteuerte: »Nein, nein, ich lass' mir nichts anmerken.« Beim Hinausgehen blieb sie an der Tür stehen. »Exzellenz, noch eine Frage: Wenn dem jungen Herrn was zustößt, wer erbt dann das Ganze bei uns?«

»Sie selbstverständlich! Dann können Sie sich Ihren pensionierten Postmeister nehmen!«

»Aber Exzellenz!« verwahrte sich Genoveva. »So hab' ich's nicht gemeint. Es ist nur wegen der Ordnung!«

»Ist schon gut«, winkte Onkel Guido ab, »ich weiß schon, wie's gemeint war! Ihr Weiberleut' seid doch alle gleich. Immer denkt ihr, wer alles erben wird!«

Er ging wieder an seinen Flügel zurück und spielte den Marsch des vierten Bosniakenregimentes, dem er als junger Mann zugeteilt gewesen war. Damals war er jung gewesen und in den schönsten Jahren. Die vielfarbige Bosniakenuniform hatte ihm gut gestanden.

Während er am Flügel saß und spielte, dachte er an seine

Jugend zurück.

Er war früher kein Sonderling gewesen, im Gegenteil, lustig und schneidig hatte er seine Tage verbracht, bis eine Frau sein Leben zerstört hatte. Auf diese Frau hatte er die Karte seines Lebens gesetzt.

Sie entstammte dem Hochadel, und Guido hatte sie auf dem Hofball in Wien kennengelernt. Alles, was Rang und Namen hatte, war auf diesem Ball gewesen. Seine Majestät Kaiser Franz Joseph war durch den Saal geschritten, hatte nach allen Seiten gegrüßt und war dann wieder in sein Arbeitszimmer zurückgekehrt.

Minister, Hofchargen, Generäle hatten umhergestanden und anscheinend unverbindlich miteinander geplaudert, während sie in Wahrheit zu diesem Fest gekommen waren, um wichtige politische oder gesellschaftliche Beziehungen anzuknüpfen.

Die Jugend war fröhlich gewesen und hatte sich amüsiert. Junge Offiziere, junge Herren im Frack, Erzherzoginnen, Prinzessinnen, Komtessen, Baronessen, sie hatten getanzt. Alle Kronländer der großen Monarchie waren vertreten gewesen.

Auf diesem Ball hatte ein ungarischer Leutnant von der Nobelgarde sich hinter Guido gestellt, ihm auf die Schultern getippt, die Hacken zusammengeschlagen, seinen langen ungarischen Namen heruntergeschnarrt und ihm mitgeteilt, daß die Fürstin Irene ihn zum Tanzpartner bestimmt hatte. Die Fürstin Irene! Guido hatte die schöne Durchlaucht schon einmal gesehen. Seine Kameraden kannten sie alle. Fürstin Irene war eine bekannte Schönheit.

Guido stand vor ihr, verbeugte sich, küßte die ihm gereichte Hand. Als der junge schüchterne Tänzer beim Tanzen vorschriftsmäßig seine behandschuhte Hand um die Taille der jungen Fürstin legte, glaubte er, daß sie sich an ihn lehne. Dann sagte sie: »Heute will ich nur mit Ihnen tanzen!«

Das war leicht gesagt. Fürstin Irene hatte schon vorher viele Tänze vergeben; die Kavaliere kamen, um Irenes Versprechen einzulösen. Guido mußte vor alle hintreten und sagen: »Kameraden, ich bitte um Freigabe des nächsten Tanzes!«

Die Tänzer merkten sofort, daß es der Wunsch der Fürstin

war, und ärgerten sich darüber. Guido aber war glücklich.

Während des Tanzes fragte die Fürstin: »Sie stammen aus Istrien?«

»Jawohl, Durchlaucht, in der Nähe von Görz waren wir zu Hause.«

»Während meiner Schulzeit war ich ein Jahr dort im Kloster.« Die siebzehnjährige Irene erzählte, was sie damals im Kloster alles gelernt hatte. Sie erzählte von einem kleinen störrischen Esel, der nicht vor- und nicht rückwärts gehen wollte, erzählte von den immer wieder aufkommenden Stürmen, die Tiere und Menschen fortfegten. Ohne Überleitung befahl sie: »Erwarten Sie mich morgen um zwölf Uhr mittags nach der Messe in der Burgkapelle, beim rechten Ausgang. Bitte, führen Sie mich jetzt zu meinen Eltern!«

Guido verbeugte sich vor dem greisen Fürsten und dessen weißhaariger Gattin.

»Es hat uns sehr gefreut. Sie können, wenn Sie einmal bei uns vorbeikommen, Ihre Karte abgeben. Wir bleiben noch vier Wochen in Wien.«

Damit war er aus dem fürstlichen Kreis verabschiedet.

In derselben Nacht hatte der Infanterieleutnant Guido Rainer nicht schlafen können. Durch alle Straßen der inneren Stadt ging er, den langen Säbel auf dem Pflaster nachschleifend. Er war Irenes Auserwählter! Ein Gefühl, das er vordem nicht gekannt hatte, überkam ihn. Was waren alle anderen Frauen und Mädchen gegen Irene?

Am nächsten Morgen, es war ein Sonntag, weckte er seinen Kameraden Berger. »Du mußt mir eine Gefälligkeit erweisen. Übernimm du den Garnisonsdienst für mich.«

»Aber, Freunderl, das geht nicht. Ich hab' ein neues G'spusi.«

»Dein G'spusi kümmert mich nicht. Mein Leben hängt von diesem Rendezvous ab!«

»Ja, wenn dein Leben davon abhängt, dann muß ich mein G'spusi selbstverständlich warten lassen. Also, Servus!«

»Aber verschlaf nicht, Berger!« rief Guido ihm zu, während der Kamerad sich auf die andere Seite legte.

»Nein, nein, Freunderl, woher denn!«

Berger hatte an diesem Morgen keinen Dienst gemacht. Er war zu einem anderen Kameraden gegangen und hatte diesen gebeten, für ihn Dienst zu machen, damit er doch noch zu seinem G'spusi käme.

Guido wartete im langen Offiziersmantel am rechten Eingang der Burgkapelle. Endlich kam Irene. Er hatte schon befürchtet, daß alles nur ein Traum gewesen sei.

»Na, Herr Leutnant, ausgeschlafen? Waren Sie noch bummeln?« fragte sie.

»Nein, Durchlaucht«, erwiderte Guido ernst, »ich habe an Sie gedacht.«

»Oh!« rief sie fröhlich aus. »Sie gehen aber scharf ins Zeug!«

Guido betrachtete sie verliebt: »Wohin wollen wir gehen?«

Irene machte eine erschreckte Handbewegung: »Gehen überhaupt nicht. Wenn mich jemand sieht! Man könnte es meinen Eltern oder meinem Bräutigam erzählen! Dort steht ein Wagen, wollen Sie ihn bitte rufen, Herr Leutnant?«

Guido rief den Kutscher. Sie stiegen beide ein. Der Wagen war mit grauer Seide ausgeschlagen.

Der behäbige Kutscher löschte seine brennende Virginia-Zigarre, steckte sie hinter das Ohr, zog den Zylinder und fragte durch das Fenster: »Wohin geht's denn, Euer Gnaden?«

»Fahren Sie nach Nußdorf!« lautete der Befehl.

Die zwei wohlgenährten Braunen griffen aus. »Nach Nußdorf, das kostet mit der Wartezeit fünf Gulden!« rechnete der Kutscher.

Im Wagen saßen sie Hand in Hand nebeneinander, sie, die kapriziöse, verwöhnte Aristokratin, und er, der verliebte Leutnant.

»Sie müssen mich entführen, Herr Leutnant! Sie lieben mich doch?«

»Ja«, hauchte Guido, »ich liebe Sie!«

»Dann müssen Sie mich entführen! Papa will, daß ich den Boni heirate. Ich will ihn aber nicht heiraten. Kennen Sie meinen Bräutigam? Nein? Ich kenne ihn schon, seit er ein kleiner Bub war. Er hat mich immer geärgert. Ich will ihn nicht heiraten. Ich will nicht!«

»Ich liebe dich!« hatte Leutnant Guido gesagt und ihren kleinen Mund gesucht, den sie ihm auch gerne überließ.

Volle zwei Stunden verbrachten beide miteinander. In acht Tagen sollte die Entführung stattfinden. Alles war vorbereitet.

»Guido, ich freue mich schon. Es wird einen furchtbaren Skandal geben; fesch, nicht wahr? Papa wird schimpfen. Vielleicht läßt er dich auch aus deinem Regiment rauswerfen. Er hat große Verbindungen und kann vieles durchsetzen. Aber du liebst mich ja, dann macht es dir ja nichts aus!«

»Nein, nein, Geliebte, ich bin nur für dich auf der Welt!« Guido hatte damals sein Regiment, seine Uniform, seine Charge vergessen. Er war verliebt gewesen, nur verliebt.

Bei der Michaelerkirche stieg Irene aus dem Wagen. Sie nahm einen anderen Zweispänner und fuhr in den vierten Bezirk, wo das väterliche Palais stand. »Auf Wiedersehen!« rief sie aus dem davonfahrenden Wagen und warf Guido eine Kußhand zu.

In den darauffolgenden Tagen wanderte Guido wie ein Schlaftrunkener umher. Ihn kümmerte kein Dienst, kein Tadel, kein Lob seiner Vorgesetzten. Abends saß er in seinem Zimmer, das er unweit der Kaserne bei einer Apothekerswitwe bewohnte. Sein Interesse galt dem Studium von Fahrplänen. Auch die Gelder, die er für die Flucht brauchte, mußte er flüssig machen. Da er selber noch nicht über größere Geldbeträge verfügen konnte, lief er zu einem Geldverleiher, verbürgte Namen und Wort und gab Unterschriften. Dafür bekam er zwanzigtausend Gulden in Gold- und Silbermünzen und Papierscheinen, wie er es wünschte.

Graf Schönwitz, sein Regimentskommandeur, bewilligte ihm einen Auslandsurlaub für die Dauer von vier Wochen.

Am Vortag der verabredeten Flucht meldete sein Offiziersbursche, daß ein livrierter Diener einen Brief persönlich übergeben wolle.

Guido erkannte an den Livreeknöpfen das Wappen des fürstlichen Hauses seiner Geliebten. Er gab dem Bedienten ein großes Geldstück und schloß sich überglücklich in sein Zimmer ein. Dann zündete er sich umständlich eine Zigarette an. Mit einem malaiischen Dolch, der ihm als Papiermesser diente, öffnete er vorsichtig das Schreiben.

»Lieber Guido! Boni kann gut reiten, spielt gut Tennis und hat sich in den Kopf gesetzt, mich zu heiraten. Ich finde ihn nicht mehr so abscheulich wie früher. Ich will doch seine Frau werden. Ich will meinen Eltern keine Scherereien machen. Ich bin gerne Ihre Ihnen wohlgewogene Irene.«

»Ich bin Ihre Ihnen wohlgewogene ...« Diese Worte begleiteten Guido auf seiner Urlaubsreise, die ihn in drei Weltstädte führte. Die zwanzigtausend Gulden waren in wenigen Wochen bis auf den letzten Kreuzer vertan, verspielt, vertrunken. Als er zurückkam, wußte niemand, warum er des öfteren, völlig betrunken, in das Palais des Fürsten L. eindringen wollte. Der livrierte Bedienstete, der seinerzeit das große Geldstück von ihm bekommen hatte, warf ihn hinaus.

Oft stand Guido Rainer stundenlang vor dem Palais, um Irene beim Kommen oder Gehen zu sehen. Nie war sie allein; immer war es Boni, der sie begleitete, ein junger Dragonerleutnant.

Dann kam Guidos Abschied vom Militär und von Wien. Er zog auf die Güter seiner Verwandten. Dort versuchte er in stillen Stunden seinen Liebesschmerz in der Musik zu vergessen.

Keine Frau durfte in seine Nähe kommen, kein Erlebnis konnte ihn erschüttern.

Als der Kaiser für die Okkupation Bosniens 1878 seine Offiziere und Soldaten nach Bosnien rief, war Guido einer der ersten, die zur Fahne eilten.

Damals fiel Prinz Boni von und zu Albrechtsstein, Rittmeister bei den Windischgrätzer Dragonern, bei einem Erkundungsritt.

Guido war dem toten Nebenbuhler nicht gram. Er dachte auch nicht an die junge Witwe, an Prinzessin Irene. Er glaubte nicht mehr an Frauen und an Liebe.

Viele Jahre waren seither vergangen. Guido war seinem verwaisten Neffen Peter ein guter Freund geworden. Er kannte seine kleinen Erlebnisse, wußte auch von Vera und hatte ihn vor der

Gefahr dieses Liebesabenteuers gewarnt. »Lerne die Welt und die Frauen kennen, aber verliebe dich nicht zu früh!« hatte er oft und oft gewarnt.

Guido unterbrach sein Spiel. Die Flurglocke schrillte laut. Er hörte Genoveva zur Tür gehen. Schnell vertauschte er den Hausrock mit einem Salonrock – seit Jahren trug er Salonröcke –, legte die Hausschuhe ab und zog Stiefeletten an. Nach einem kurzen Blick in den Spiegel richtete er sich die weiße Plastronkrawatte.

Vera stand in der Haustür.

Genoveva, die die Besucherin nicht kannte, fragte in gespannter Erwartung: »Was wünschen Sie, bitte?«

»Ich muß dringend Herrn Leutnant Rainer sprechen.« Veras Stimme zitterte.

Genoveva wies erschrocken nach dem ersten Stock, dann ging sie in die Küche zurück, um den Teig, den sie für die Zwetschkenknödel vorbereitete, weiter zu bearbeiten.

Vera lief über die teppichbelegte Stiege in den ersten Stock. Frei fühlte sie sich, alles, was gewesen war, war vergessen.

Peter, schon in Feldgrau, war gerade nach Hause gekommen. »Vera, du?!« rief er. »Hat Rotweil dich freigegeben?«

»Ja, frei!« Laut, unbeschwert, jauchzend klang dieses: »Ja, frei!«

Peter war mit zwei Schritten bei Vera, seine Arme umfaßten sie. »Endlich! Also doch!« Er umschloß sie so fest, daß sie aufstöhnte.

»Du tust mir weh!«

Unfaßbar war ihm dieser Augenblick, den er so sehr herbeigesehnt hatte; Vera war frei, sie würde seine Frau werden. »Komm«, sagte er, »setz dich und erzähl alles!«

»Nein, nein, Peter, ich will nichts erzählen. Küß mich! Du darfst mich küssen. Ich bin ja bei dir!«

Peter riß die Geliebte an sich. »Alles wird schön werden. Morgen, übermorgen und immer – ein Leben lang! Wir wollen heiraten, uns kriegstrauen lassen!«

»Kriegstrauung?« wiederholte Vera; sekundenlang überdachte sie ihre Lage und alles, was daraus entstehen konnte.

Ihr Geliebter küßte sie stürmisch auf die Lippen, Wangen und Augen, hob sie hoch und trug sie bis ans Fenster; dort setzte er sie in einen alten gebrechlichen Stuhl. »Siehst du«, sagte er und zeigte auf die nassen Blätter, die am Fensterbrett kleben geblieben waren, »so wie Sonnenschein auf Regen folgt, so habe ich daran geglaubt, daß du einmal für immer zu mir kommen wirst.«

Im Garten stolzierte eine große schwarze Krähe hin und her. Sie hackte mit ihrem Schnabel Erdknollen und Blätterhäufchen auseinander. Da sie kein Futter fand, flog sie mit krächzendem Schrei weg. Aus den Wasserrinnen, die vom Dach nach unten führten, rieselte glucksend Regenwasser.

»Und morgen lassen wir uns kriegstrauen. Morgen bist du meine Frau!«

»Aber Peter, das geht doch nicht! Du bist Offizier, die Kaution muß gestellt werden.«

»Ja, leider!« Peter wurde in die Wirklichkeit zurückversetzt; entmutigt starrte er auf die Stiefel, die klobig an seinen Füßen saßen. »Ja, ja, du hast recht!«

Müde schloß Vera die Augen; sie wußte, daß sie gelogen hatte und daß Felix in der Stephanskirche auf sie wartete.

Peter unterbrach das Schweigen. »Rotweil hat dich nie geliebt. Wenn er dich geliebt hätte, hätte er dich nicht freigegeben. Ich hätte dich nie freigegeben, nie!«

»Wie unlogisch Peter denkt!« ging es Vera durch den Kopf. Sie öffnete die Augen wieder. Sie wollte vergessen, daß sie gelogen hatte, doch sie war entschlossen, die Folgen dieser Lüge auf sich zu nehmen.

Peter kniete neben Vera; wie ein Geständnis kamen seine Worte: »Wenn Rotweil dich nicht freigegeben hätte, hätten wir sterben müssen.«

Vera war entsetzt. »Freitod ist kein Ausweg!«

Unbeirrt fuhr Peter fort: »Mir aber erschien er einmal als eine Lösung. Wie froh bin ich heute, daß ich diesen furchtbaren Weg nicht zu Ende gegangen bin!«

»Man darf nicht freiwillig sterben, Peter«, sagte Vera ernst und ruhig. »Wir müssen um unserer Liebe willen weiterleben.

Wir müssen warten, Peter, bis wir aus dem Leben abberufen werden.«

Peter nahm Vera in die Arme; all das Schwere war verflogen.

»Ich bin so froh, daß ich bei dir bin, Peter«, flüsterte Vera.

»Wir heiraten schon heute, Vera.«

»Aber das können wir doch nicht, Peter!«

»Doch, Vera, wir können. Nicht in der Kirche oder vor dem Standesamt. Wir heiraten hier. Onkel Guido ist mein und Genoveva dein Trauzeuge.«

Vera wußte nicht, was sie antworten sollte. Sollte sie ihm die Freude zerstören, sollte sie ihm sagen: »Mein lieber, dummer Junge, das sind doch Kindereien!« Nein, Vera wollte seine Frau sein.

Peter riß die Zimmertür auf und rief übermütig durch das Treppenhaus: »Exzellenz, darf ich Sie bitten, heute noch mein Trauzeuge zu sein? Sie brauchen mir nichts zu schenken, Sie haben keine Auslagen, das heißt, wenn Sie für Sekt und Blumen Geld ausgeben wollen, steht Ihrem Vorhaben nichts im Wege. Aber bitte sich gleich in den Staatsrock zu werfen! Und du, liebe Genoveva, ziehst ein Abendkleid an, eines mit tiefem Decolleté!«

Verdutzt rief Genoveva zurück: »Warum denn, Herr Leutnant?«

»Ich will Hochzeit feiern! Geh einkaufen, liebste, beste Genoveva, Schöpferin herrlichster Leckerbissen!«

»Sie haben leicht reden, einkaufen gehen; so etwas kann nur ein Mannsbild daherreden! Man kann doch nicht in ein paar Stunden ein Hochzeitsmahl herzaubern, jetzt, im Krieg!«

»Aber, Genoveva, dann bring halt Sardellenringerln und Liptauerkäse!« Peter kannte Genovevas Schwäche; er lief zu ihr hinunter und legte seinen Arm um ihre Schultern. »Genoveva, heute können Sie wieder einmal Ihre Kunst zeigen. Ich bin überzeugt, nicht einmal der Khedive von Ägypten wird so ein feines Essen bekommen wie wir heute von Ihnen!« Immer, wenn Peter Genoveva schmeicheln wollte, redete er sie mit »Sie« an.

Genovevas Stimmung war schon gemildert. Sie zierte sich

noch ein wenig und ging dann in die Küche, um nach den Vorräten zu sehen. Dann nahm sie aus der Tischlade ein großes Messer, band sich eine Wachstuchschürze um und ging zum Hühnerstall im Garten.

Bei jedem Huhn, dem sie den Hals durchschnitt, sagte sie: »Das Herz bricht einem. Jeden Tag war ein Ei da. Alles wegen so einer Hochzeit, die keine ist. Aber der junge Herr, was versteht der denn von den Eiern, die wir so notwendig brauchen. Er hat's fein, er geht an die Front.«

Drei Hühner legte Genoveva in ihre Schürze, putzte fein säuberlich das Messer im nassen Gras ab und ging mit resoluten Schritten in die Küche zurück.

Eine Stunde später war die Küche in Dampf gehüllt. Im goldgelben Gumpoldskirchner schmorte das Kraut - Genoveva mußte sich sehr zurückhalten, um nicht zu viel vom Wein zu trinken. Die Beinchen nach oben, lagen die Hühner goldbraun und knusprig in der Pfanne, in der zerlassene Butter schwamm.

Onkel Guido bürstete sich den Frack, den er schon jahrelang nicht getragen hatte, und die Hose dazu eigenhändig, da Genoveva beim besten Willen keine Zeit hatte. Dabei sinnierte er halblaut vor sich hin: »Wenn nur alles gut ausgeht!«

Peter hatte oft scherzhaft zu ihm gesagt: »Eines Tages, lieber Onkel, wirst du mein Trauzeuge sein. Und später darfst du die kleinen Rainers, fünf oder sechs, musikalisch beeinflussen.«

Onkel Guido entdeckte, daß in einem Hosenbein drei Falten eingebügelt waren. Auch an den Krieg mußte er denken. Wenn dem Peter nur nichts passierte! Schnell verscheuchte er die trüben Gedanken. Peter würde bestimmt gesund zurückkommen. An Lustiges wollte er denken. Hochzeit in seinem Haus! Behutsam streifte Onkel Guido die weiße Krawatte über einen hohen steifen Stehkragen, den er umständlich in das Knöpfchen drückte.

Sein Frack war wahrhaftig nicht mehr modern. Die Schöße reichten kaum bis zu den Schenkeln, und die Seitenteile flatterten traurig hin und her. Schnell war das weiße Haar gekämmt. Die Kriegsdekorationen, die Onkel Guido en miniature an einer kleinen goldenen Kette aufgefädelt hatte, befestigte er an seinem Frackrevers. Fertig angezogen ging er langsam zum Schreibtisch.

In der Sakristei zu St. Stephan standen die Ministranten schon fertig angezogen. Die Priester, unter Vorsitz des Domherrn, warteten auf das Erscheinen des hochgeborenen Brautpaares. Hochzeiten aus reichen Adelshäusern brachten für die Kirche immer reiche Geschenke.

Der Meßdiener wartete mit dem silbernen Tablett in der Hand, auf dem die goldenen geweihten Eheringe dem Brautpaar gereicht werden sollten. In seiner Nähe, unweit der Tür, stand ein junger Diakon, der das Brautpaar anzukündigen hatte. Durch die offene Sakristeitür konnte man das Hauptschiff des Domes überblicken. Viele Gäste waren erschienen, alle in Festkleidung, im Frack, in Uniform, mit Orden geschmückt, über der Brust farbige Schärpen.

Eine große Hochzeit sollte stattfinden. Am Domportal halfen livrierte Diener den ankommenden Gästen aus den mit edlen Pferden bespannten Wagen.

Im langen, schwarzen, mit Silberknöpfen besetzten Mantel, auf dem Kopf einen Zweispitz, in der Hand einen hohen Zeremonienstab, stand der Kirchendiener da und ließ die Gäste an sich vorbei.

In wenigen Minuten sollte die Trauungszeremonie beginnen. Unruhig drehte man sich nach den neu ankommenden Gästen um.

Der Bräutigam Felix von Rotweil war mit seinem Trauzeugen Freiherr von Ehrenfels, Sektionschef im Auswärtigen Amt, in der Sakristei eingetroffen. Felix war bester Laune. Er hatte allen Grund, mit dieser Hochzeit zufrieden zu sein. Alles, was in Wien Rang und Namen hatte, war zu seiner Trauung erschienen.

Veras Vater trat mit bleichem Gesicht, von einem Diener gestützt, an Felix heran. »Vera ist fort!«

Felix glaubte schlecht gehört zu haben; er fragte: »Was ... was ist?«

Degenwart wiederholte: »Vera ist fort!«

»Aber wieso denn?« fragte Felix noch ziemlich ruhig. »Erklär es mir, Papa.«

In abgehackten Sätzen versuchte Graf Degenwart das Ungeheuerliche in Worte zu fassen: »Ich wollte das Kind aus ihrem Zimmer holen. Das Zimmer war leer. Brautkleid und Schleier, alles lag da. Die Zofe heulte, wußte von nichts, niemand vom Personal hat sie gesehen. Endlich gestand der Gärtner, daß er bemerkt habe, wie Vera mit einem kleinen Köfferchen durch den Garten gelaufen sei. Sechzig Heller habe er ihr noch gegeben.«

Nun wurde es selbst Felix unheimlich. »Wo ist sie aber jetzt?«

»Ich weiß nicht«, erwiderte Degenwart verzweifelt, »vielleicht lebt sie nicht mehr, und ich, ich bin schuld!«

Felix wurde wütend. »Unsinn! Wenn man sich das Leben nehmen will, braucht man keinen Koffer und keine sechzig Heller. Sie wird zu ihrem Geliebten gegangen sein. Aber diesen Hund schieß' ich über den Haufen!«

Der Trauzeuge Freiherr von Ehrenfels, ein Kavalier alter Schule, hielt Felix von weiteren Äußerungen zurück. »Haltung, lieber Baron, Haltung! Wenn es Ihnen recht ist, übernehme ich es, die Trauung abzusagen.«

»Auf keinen Fall!« brüllte Felix.

Der Sektionschef verzog den Mund zu einem maliziösen Lächeln. »Wie Sie wollen, lieber Baron. Die Trauung werden Sie aber kaum durchführen können, wenn Ihre Braut nicht anwesend ist.« Ehrenfels bereute schon längst, der Trauzeuge eines Mannes zu sein, der sich nicht beherrschen konnte. Nichts störte ihn bei seinen Mitmenschen mehr als schlechte Manieren. Nie würde er Felix verzeihen können, daß er in der Sakristei von St. Stephan gebrüllt hatte.

Felix spürte das und änderte sein Benehmen. Die Angst vor der bevorstehenden Blamage machte ihn klein. Fast demütig bat er: »Ja, lieber Herr von Ehrenfels, bitte, übernehmen Sie doch die Sache. Sagen Sie ...« Er dachte nach, welche glaubhafte Ausrede man den Hochzeitsgästen vorsetzen könne, und glaubte einen Ausweg gefunden zu haben. »... sagen Sie, meine

Braut sei plötzlich erkrankt.«

Sektionschef von Ehrenfels klappte den zusammengelegten Zylinder mit einem Schlag auf, verbeugte sich vor Graf Degenwart, der sich den Schweiß von der Stirn wischte, und ohne Felix eines weiteren Blickes zu würdigen, verließ er die Sakristei.

Er betrat mit den Domherren, die die ganze Szene stumm mitangehört hatten, die Kirche. »Meine sehr verehrten Hochzeitsgäste! Ich habe den Auftrag, Ihnen im Namen des Brautvaters, Graf Degenwart von und zu Wiesendeut, mitzuteilen, daß seine Tochter, Komtesse Vera, plötzlich erkrankt ist. Aus diesem Grunde kann die kirchliche Zeremonie der Trauung am heutigen Tage nicht stattfinden. Brautvater und Bräutigam bitten die hochverehrten Gäste, dieses unerwartete Ereignis ...«

Noch viele Worte gebrauchte der Sektionschef, um den Geladenen und Neugierigen zu erklären, warum die Trauung zwischen Rotweil und Vera Degenwart heute nicht stattfinden konnte.

Rotweil betrank sich an diesem Tag sinnlos. Champagner- und Cognacflaschen lagen um den völlig Berauschten bunt umher.

Graf Degenwart saß gebrochen da und ließ alle Beschimpfungen, mit denen ihn sein künftiger Schwiegersohn bedachte, über sich ergehen. Ohne Widerspruch ließ er sich beleidigen.

»Du steckst mit ihr unter einer Decke! Ein Mensch, der Wechsel fälscht, der die Leute um ihr Geld betrügt, belügt auch seinen Schwiegersohn. Ich kenne dich jetzt! Von mir hast du dir deine Schulden bezahlen lassen ... jeder Staatsanwalt hat für dich ein paar Jahre!«

Wie ein Berserker wütete Rotweil. Stühle, Spiegel, Gläser, alles, was er erreichen konnte, zerschlug er. Wie ein wildes Tier brüllte er: »Ich bringe diesen Hund von einem Leutnant um!«

»Laß diesen Leutnant aus dem Spiel«, erwiderte Graf Degenwart, »oder willst du, daß die Hochzeitsgäste und alle, die uns kennen, erfahren, daß dir deine Braut mit diesem Leutnant davongelaufen ist?«

»Ist mir egal!« schrie Rotweil. »Ist mir ganz egal!« Doch

schon in der nächsten Sekunde war er anderer Meinung. »Nein, niemand darf es erfahren, hörst du, niemand! Diese Schande! Was soll ich denn tun? Wo ist Vera?«

Auf allen vieren kroch er zu Graf Degenwart. »Vater«, bettelte er, »wo ist Vera? Wo ist sie? Ich will sie heiraten. Ich muß sie heiraten. Vera soll zurückkommen, sie kann von mir alles verlangen, mein Vermögen, alles soll sie haben, hole deine Tochter, bring sie mir ... sie soll kommen, sie soll nur kommen.«

Graf Degenwart starrte ihm ins Gesicht. »Was spricht aus dir, Felix? Trunkenheit, tierisches Verlangen ... oder liebst du mein Kind? Felix, liebst du meine Tochter wirklich?«

»Ja, ich liebe Vera, und ich bin schuld an allem!« Dann brach seine alte Eitelkeit wieder aus ihm heraus. »Nicht nachgeben, Felix«, redete er sich zu, »du bist im Recht, sie ist deine Braut, sie gehört zu dir! Sie darf zu keinem Geliebten gehen! Felix Rotweil, Baron und Millionär, du darfst nicht nachgeben! Deine Braut muß deine Untergebene sein!«

Sein Gesicht glühte, und in den Adern strömte das Blut, als wollte es den Leib sprengen; seine Augen schmerzten. »Vera, Vera«, schluchzte er, »warum bist du nicht hier?« Taumelnd griff er nach einer Stuhllehne. »Vater, wo bist du, Vater, Vater! Ich bin ein Schuft!« Seine Hände fanden keinen Halt, wie ein Klotz fiel er, einen Stuhl mit sich reißend, auf den Fußboden.

Professor Schwertsieder, Primarius an einer Privatklinik, ein behäbiger Vierziger, stand kopfschüttelnd an Rotweils Bett, neben ihm eine Krankenschwester.

»Gefährlich?« fragte sie.

»Schweres Nervenfieber.« Schwertsieder prüfte das Thermometer, schüttelte wieder den Kopf. »Für den Anfang ganz schön, vierzig Grad.« Dann wendete er sich an Graf Degenwart. »Wie lange ist Ihr Schwiegersohn schon krank?«

»Seit ein paar Stunden«, entgegnete Degenwart.

»Wissen Sie den Grund für den enormen Alkoholgenuß?«

Degenwart schwieg.

Professor Schwertsieder verzichtete auf eine Antwort. Kurz

und bündig gab er seine Anweisungen: »Der Patient muß Tag und Nacht betreut werden. Bei diesen Anfällen muß man mit Komplikationen rechnen. Hier sind meine beiden Telefonnummern. Rufen Sie mich, bitte, wann Sie mich brauchen, sei es Tag oder Nacht, an. Die Medikamente lassen Sie sofort besorgen.«

Mit leisen Schritten ging er in das anliegende Badezimmer und ließ heißes Wasser über die rasch eingeseiften Hände rinnen.

Die Krankenschwester befeuchtete Rotweils Lippen mit einem in kaltes Wasser getauchten Tuch. Stunde um Stunde saß Graf Degenwart am Krankenlager seines Schwiegersohnes und wartete ängstlich auf das Sinken des Fiebers. Er half, den sich aufbäumenden Körper des Besinnungslosen in kalte, nasse Leinentücher zu wickeln. Jede halbe Stunde wurde der Wickel erneuert. Endlich fiel das Fieber auf achtunddreißig Grad.

Vera stand vor einem großen ovalen Spiegel und steckte die Schmuckstücke an, die Onkel Guido ihr durch Genoveva hatte übergeben lassen. Zuerst nahm sie die Halskette, dann die Uhr, die mit einer goldenen Nadel am Kleid befestigt wurde.

»Die Uhr hat schon die Frau Tante getragen«, erzählte Genoveva und lief schnell wieder in die Küche zurück.

Modern war die Uhr nicht, aber sehr schön. Sie hatte die Form einer Kugel, der Deckel war aus schwarzem Achat und mit Brillanten besetzt. Auf der Innenseite des Deckels waren in wunderbarer Emaillearbeit zwei schnäbelnde Täubchen ausgeführt.

Vera versuchte ihr Haar in Ordnung zu bringen.

Peter trat hinter sie. »Gnädigste, geliebte Braut, es gibt in der ganzen Umgebung keine Brautjungfern. Die hohen Herrschaften von Rang und Würden sind am Empfange verhindert. Auch die Herren Kardinäle und Bischöfe können nicht erscheinen.«

Vera parierte Peters scherzhafte Rede: »Das tut mir aber leid, daß die hohen Persönlichkeiten zur Hochzeit nicht erscheinen. Haben Sie, Herr Bräutigam, wenigstens einen Orden?«

»Bedaure, Orden habe ich auch nicht.« Peter reichte Vera den Arm. »Darf ich bitten?« Sie gingen über die Treppe in die Halle.

Dort warteten schon Onkel Guido und Genoveva, die Haushälterin, im Brokatkleid, das vor vielen Jahren eine Frau Blasvogel-Rainer getragen hatte.

Genoveva hatte alle Hände voll zu tun. Erstens mußte sie in der Küche ihres Amtes walten, dann sollte sie als brave Brautmutter Tränen vergießen und schließlich als Tischdame Onkel Guido unterhalten.

Brennende Kerzen steckten in alten Zinnleuchtern. Damit es im Haus nach Hochzeit roch, hatte Genoveva kleine, weihrauchduftende »Franziskerln« angezündet.

Onkel Guido allerdings legte den Weihrauchduft anders aus. »Es könnt' auch wer gestorben sein. Oder Weihnachten steht vor der Tür, das Christkindlein mit glitzernden Papierflügeln und Engelshaar kommt zur Bescherung.«

Peter füllte die Gläser mit Cognac. Auf dem Tisch stand eine Flasche, die, schon über dreißig Jahre, in einen Leinensack eingenäht, im Keller gelagert hatte. Onkel Guido hatte diesen Herzstärker, wie er den starkduftenden Weinbrand nannte, vor vielen Jahren aus der Champagne mitgebracht.

Peter, Vera, Genoveva und der Hausherr hoben in festlicher Stimmung die Gläser.

»Prosit, alle zusammen!«

Dann stellte sich Peter hinter den Schreibtisch, nahm ein Buch – eine alte Ausgabe von Klopstock – zur Hand, verbeugte sich vor den drei Anwesenden und sprach: »Liebes Brautpaar, Sie haben sich vor dem Vertreter des Staates eingefunden, Sie, Herr Leutnant Peter Rainer« – dabei zeigte er auf sich – »und Sie, Komtesse Vera, um einen Pakt zu schließen, der bestätigt, daß die große Liebe wieder zwei Menschen für ewig zusammengeführt hat. Sind Sie, Herr Leutnant Rainer« – er deutete auf sich – »gewillt und innerlich vorbereitet, Komtesse Vera zu ehelichen, ihr ewige Treue zu bewahren, ihr ewiglich Liebe zu schenken, ihr jeden Wunsch zu erfüllen, dann bekräftigen Sie dieses Versprechen mit einem lauten Ja. – Ja!« sagte Peter klar und deutlich.

Keinem der Anwesenden kam diese Szene lächerlich vor.

Nun blätterte Peter in dem Buch, als suchte er eine

bestimmte Stelle. »Komtesse Vera Degenwart-Wiesendeut, wollen Sie dem Leutnant Peter Rainer eine brave und treue Frau sein, ihm Freude und Liebe schenken, ihm Geliebte und Kameradin sein, mit ihm Freud und Leid teilen? Wenn ja, dann antworten Sie mit einem lauten Ja.«

»Ja«, antwortete Vera.

Onkel Guido nahm Veras und Peters Hand. »Ich wünsche euch, daß alles das, was ihr euch versprochen habt, immer so bleiben möge!«

Genoveva konnte kaum sprechen, über ihre erhitzten Wangen rollten Tränen; sie stammelte kaum hörbar: »Das Glück soll immer bei euch bleiben!«

Dabei erinnerte sie sich, daß die Hühner noch im Backofen lagen und sicherlich schon fertiggebraten waren. »Entschuldigen Sie, ich muß in die Küche ... die Henderl verbrennen mir sonst!« Ohne sich um Guido, Vera und Peter weiter zu kümmern, lief sie, die Schleppe hebend, daß man ihre selbstgestrickten Strümpfe sehen konnte, in die Küche.

»Alles wegen der Heiraterei!« brummte sie, als sie sah, daß ein Henderlhaxen schon ganz bedenklich braun geworden war. Dann kümmerte sie sich noch um die Orangencreme und die Biskotten. »Richtig fürstlich wird heute bei uns gegessen!« freute sie sich.

In den Gugelhupf waren Löcher gebohrt. »Hat die Exzellenz schon wieder die Rosinen aus dem Gugelhupf gestohlen!« Noch eine schreckliche Entdeckung machte sie: Auf der Torte fehlten die Nüsse, die sie in zierlichem Kranze aufgesetzt hatte. »So etwas! Die Nüsse hat er auch heruntergenommen! Und da sagt man immer, wir Frauen sind so fürs Naschen! Die Männer sind viel größere Naschkatzen. Überhaupt, wenn sie alt werden. Na ja, irgendein Laster muß die alte Exzellenz auch haben!«

»Wo ist denn die Brautmutter?« rief Peter mit lauter Stimme durchs Haus.

»Ich komme schon!« Mit flinken Händen richtete Genoveva das Gekochte, Gebratene, Gebackene, füllte die mit goldenen Blumen bemalte Suppenterrine und trug auf.

Das mehr als hundertjährige Service wurde nur bei großen Festlichkeiten verwendet. Auch das Tafelsilber, die Salz- und Blumengefäße waren alte venezianische Arbeit. In dem großen silbernen Leuchter steckten fünfzehn große weiße Kerzen. Sie rochen nach Honig und Wachs.

»Die Kerzen habe ich schon mindestens zehn Jahre zu Haus. Ich hab' sie einmal beim Lebzelter am Stephansplatz gekauft, weil sie so gut riechen. Ich kann halt, wenn die Kerzen brennen und gut riechen, viel besser Klavier spielen.«

Der Vöslauer Rotwein mundete herrlich. »Weißt du«, Onkel Guido hatte für alles eine Erklärung, »in Vöslau scheint die Sonne am schönsten und wärmsten, und das braucht ein gutes Tröpferl.«

Genoveva trug weiter auf. Die Tafelnden staunten über die appetitanregenden gelbgrünen duftenden Salatblätter, die knusprigen Hühnchen, die kleinen Kartoffelknödel, über das nach Wein und Gewürznelken duftende goldgelbe Apfelkompott.

Onkel Guido wußte, daß Genoveva alles, was gut und teuer war, seinem Magen opferte. Aber so gut wie heute glaubte er noch nie gegessen zu haben. »Weißt du, Vera, ich sag' immer, was man gegessen hat, hat man gehabt. Wer weiß, ob man's wieder so gut kriegt. Darum gesegnete Mahlzeit. Wenn man nimmer kann, ist das Leben schon aus. Prost Vera, Prost Peter, Prost Genoveva. Werdet recht glücklich! Vergeßt die Sorgen! So jung wie heute kommen wir nimmer zusammen! Genoveva, koch einen schwarzen Kaffee!«

Genoveva, Tränen in den Augen, wollte Vera die Hand küssen.

Doch die Komtesse wehrte ab und legte ihren Arm um die Getreue. »Wir wollen gute Freunde sein, Genoveva! Warum haben Sie übrigens nicht geheiratet?«

Genoveva antwortete still: »Wegen der alten Exzellenz, wegen dem Herrn Guido. Ich habe immer darauf gewartet, daß er sich eine gute Frau nimmt. Dann hätte ich mich auch nach einem Mann umgesehen. Aber der Herr Guido hat sich keine Frau genommen, darum habe ich nicht fortgehen können. Er braucht mich doch notwendig. Und jetzt, wo ich schon älter bin, hilft mir das Suchen nach einem Mann auch nichts mehr. Ich hab' halt die Überfuhr verpaßt! Aber ich werd' nicht viel versäumt haben.«

Mitten in diese harmlose, fröhliche Gesellschaft, in das viele Zuprosten, Gläseranstoßen und Glückwünschen, klingelte stürmisch die Hausglocke.

Vera schrak zusammen; sicher würde man sie suchen.

Mit einer kleinen Verbeugung zu Genoveva bat Onkel Guido sie, sie möge doch nachsehen, wer es wage, sich heute um diese festliche Zeit an der Klingel seines Hauses zu vergreifen.

Genoveva raffte das Festkleid hoch und rauschte aus dem Zimmer. Der Wein aus Vöslau war ihr in den Kopf gestiegen und hatte sie ein wenig beschwipst gemacht. Vor sich hin schmunzelnd, dachte sie: Eigentlich hätte ich auch Braut sein können, wenn ich gewollt hätte. Dann dachte sie aber gleich grimmig, daß die Männer von den Mädchen immer alles ohne Ehe verlangten. Küsse – ja, die hatte sie immer gerne gegeben, aber vom ledigen Kindersegen hatte sie nichts wissen wollen.

Vorsichtig öffnete Genoveva die Haustür. »Wer ist's denn?« Ohne die Antwort abzuwarten, rief sie: »Mein Gott, der Herr Obermedizinalrat ... der Herr Professor!«

»Ja, der bin ich, Genoveva!« Der Besucher war Guidos Bruder, Peters zweiter Onkel, ein Mann in den Fünfzigern, groß und stark. »Ich freue mich, daß es Ihnen immer gut geht, Genoveva! Immer rote Wangerln!« Dabei kniff er Genoveva leicht in die Backen. »Was seh' ich ... geweint haben Sie? Wie schauen Sie denn überhaupt aus? Wie auf einem Maskenball! Was ist denn los bei euch?«

Im Haustor griff Genoveva verlegen mit den Händen über das Brokatkleid. »Wir haben eine Hochzeit im Haus ...«

»Hochzeit habt ihr? Hat mein Bruder geheiratet?«

Genoveva wehrte ab. »Nein, nicht der Herr Bruder, unser Peterl ... der Herr Leutnant hat geheiratet.«

»So, so«, sagte der Professor. »Der Herr Neffe hat geheiratet, und mich habt ihr mit keinem Wort verständigt!«

Alfons Rainer hing seinen Hut, Mantel und Schirm in die Kleiderablage; dann betrat er das festliche Zimmer.

Er wurde stürmisch begrüßt. Genoveva bekam es langsam mit der Angst. Ihr kam zu Bewußtsein, daß die Hochzeit nur Komödie und keine richtige Hochzeit war.

Onkel Alfons polterte in seiner lauten Art los. »Ihr seid mir ja feine Verwandte! Keine Silbe erfährt man, daß der junge Herr ...«, dabei zeigte er auf Peter, »... eine junge schöne Frau ...«, dabei küßte er Vera die Hand, »... heiratet. Schön bist du«, sagte er ruhig zu Vera, »ich bin Onkel Alfons.«

Vera wollte einen Knicks machen.

»Na, na«, wehrte Onkel Alfons ab, »nur nicht so viel Ehrfurcht. Gestattest wohl, daß ich zu dir ›du‹ sage. Wir wollen unsere verwandtschaftlichen Bande richtig begießen. Guido, schenk schnell zwei Gläser voll!«

Onkel Guido ließ sich das nicht zweimal sagen. Mit der Likörkaraffe und zwei Gläsern kam er zu den beiden. Vera und der Professor tranken die Gläser leer. Da Onkel Alfons groß war, mußte sich Vera auf die Zehen stellen, um ihm einen Kuß zu geben.

Zu Peter sagte er: »Ich möcht' nur wissen, wie du zu so einer schönen Frau kommst. Ich sag's ja immer, die dümmsten Bauern haben die schönsten Erdäpfel, und der's nicht verdient, hat das größte Glück.«

»Onkel Alfons«, entgegnete Peter, »habe ich verdient, daß ich glücklich bin ... ja oder nein?«

Onkel Alfons war ein großzügiger Mensch und hatte viel Verständnis für die Freuden der Jugend. »Natürlich, es war ja auch nur ein Spaß!«

Onkel Guido zupfte seinen großen Bruder am Ärmel und zeigte ihm eine gotische holzgeschnitzte Madonna, die er vor einigen Monaten erstanden hatte. Die Brüder, jeder einen Kerzenleuchter in der Hand, bestaunten das falbiggelbe Birnbaumholz des geschnitzten Kunstwerkes. Durch die Lupe entzifferte Onkel Alfons die am Sockel eingeritzte Jahreszahl.

Vera und Peter ahnten nicht, daß Onkel Guido die Madonna nur zum Vorwand nahm, um seinen Bruder über die eben stattgefundene Hochzeit aufzuklären. Guido war erstaunt, daß sein Bruder nicht mehr sagte als: »So, so? Recht haben sie. Die

Jugend nimmt sich halt den Vorschuß auf die Seligkeit. Sie werden die richtige Hochzeit schon nachholen.« Dann zog er seine Brieftasche und drückte Peter einige größere Geldscheine in die Hand. »Ein Vorschuß auf das Geschenk, das ihr von mir bekommt. Macht eine schöne Hochzeitsreise.«

»Eine Hochzeitsreise!?« riefen Peter und Vera gleichzeitig.

Peter kümmerte sich nicht um seinen Onkel; er hob Vera hoch und küßte sie. »Wir machen eine Hochzeitsreise!«

Onkel Alfons hatte Verständnis für Liebe und Verliebtsein; er war auch oft verliebt gewesen und erzählte gerne davon. »Einmal, da hat's mich richtig erwischt und schwer geplagt. Es liegt schon lange zurück. Ich war damals volle zwanzig Jahre alt und gesund wie ein Bär.« Er nahm ein volles Glas und trank es auf einen Zug leer, als wolle er Vergangenes vergessen. »Noch vor dem Doktor war's. Annerl hat sie geheißen. Ihr Vater war Schmied in Aibling, im Bayrischen, und ich war dort im Seminar. Ja, die Liebe ist eine große Sache. Ich war nahe daran, mein Studium aufzugeben. Aber das Annerl, das war gescheiter. Die Frauen sind überhaupt gescheiter, das mußt du dir merken, Peter. Wenn deine Frau sagt, das ist richtig, dann ist es auch richtig. Also, das Annerl hat zu mir gesagt: ›Geh, Alfons, bleib bei deinem Beruf!‹ Ich hab' gesehen, daß sie geweint hat und daß es ihr das Herz fast aus der Brust drückt. Aber sie hat mir's leicht gemacht. Sie hat einen anderen Burschen genommen. Könnt ihr euch vorstellen, wie mir damals ums Herz war? Und am Sonntag ist die Hochzeit von der Kanzel aufgeboten worden. ›Zum Aufgebot sind bestellt die Jungfrau Anna Maria Krenk‹ und so weiter. Wie der Kaplan gefragt hat: ›Hat jemand gegen diesen Ehebund etwas einzuwenden?‹, da hätte ich am liebsten geschrien: ›Ich habe was einzuwenden!‹ Aber ich habe meine Hand vor den Mund gehalten. Der Herr Rektor, dem ich mich anvertraut habe – er ist auch schon lange tot –, hat gesagt: ›Lieber Freund, Fluchen hilft, Trinken hilft – dir ist bestimmt, daß du Arzt werden sollst. Studiere fleißig, damit du die Liebschaft schnell vergißt. Und wenn es nichts hilft, dann trink halt öfters ein Maß schwarzes Bier, bis du die richtige Bettschwere hast. In der Nacht verschläfst du alles, was dich am Tag bedrückt.‹ Und so habe ich es gehalten. Das schwarze Bier trinke ich heute noch gern. – Vor sechs Jahren haben sie mich geholt, weil das Annerl begraben worden ist. Ich habe auch den Kindern und dem Herrn Bräumeister, dem Witwer, Trost zugesprochen. Drum, Kinder, muß man für alles Nachsicht und Verständnis haben. Wir sind voller Fehler!« Onkel Alfons nahm ein gefülltes Glas. »Jetzt wollen wir aber trinken, sonst wird's traurig. Prosit, ihr Glücklichen. Prosit, Guido, alter Junggeselle! Du hättest schon längst heiraten sollen, damit ich weiß, wem ich einmal mein Geld vermachen soll.«

Onkel Guido verzog sein Gesicht. »Wem du dein Geld vermachen sollst? Jetzt wirst du's bald wissen. Ein junges Ehepaar braucht immer Geld. Oder willst du's vielleicht der Kirche schenken?«

»Der Kirche?« wunderte sich Onkel Alfons. »Wie kommst du denn darauf? Natürlich kriegen die beiden da einmal alles.«

Vera küßte dem Professor die Hand; er konnte es nicht verhindern. »Aber, Kind, was soll das?« wehrte er ab.

»Du bist so gut, Onkel.«

»Aber geh! Ist alles kaum der Rede wert.«

Peter stellte sich neben Vera. »Onkel, nicht wahr, es ist keine Sünde, wenn wir jetzt schon unsere Hochzeitsreise machen?«

»Bei Gott nicht. Wo wollt ihr denn hinfahren?«

»In den Himmel«, platzte Peter heraus.

»Und wo ist euer Himmel?« fragte der Professor schmunzelnd.

Diese Frage aber wußten weder Peter noch Vera zu beantworten; sie waren schon aus dem Zimmer.

Die Brüder aber blieben noch lange beisammen, tranken, aßen und erzählten einander.

Guido ging zum Flügel; er hielt sich schon schwer auf den Beinen. Umständlich zündete er zwei Honigwachskerzen an und spielte dann Schuberts »Unvollendete«.

Onkel Alfons vertrug viel Alkohol. Genießerisch rauchte er eine starke Zigarre an, blies den Rauch von sich und sagte unvermittelt: »Rom ist auch nicht die Welt!«

»Was?« Guido drehte sich um. »Was hast du gesagt?«

»Was ich gesagt habe! Mußt halt aufpassen. Kein Pfarrer predigt zweimal. Aber ich mach' eine Ausnahme. Ich habe gesagt, daß man auch ohne kirchlichen Segen, ohne den Papst in Rom glücklich werden kann. Die Hauptsache ist, man hat sich gern und hält zusammen. Verstanden?«

Onkel Guido nickte. »War eine gute Idee von dir, daß du gekommen bist. Was glaubst, wo unsere Brautleute jetzt sind?«

Alfons stand auf. »Im Himmel.«

Im Schönbrunner Parkhotel schrieb Peter auf den Meldezettel: »Peter Rainer und Frau« und verlangte ein schönes Zweibettzimmer mit Bad.

Höflich fragte der Portier nach dem Gepäck.

»Das Gepäck kommt morgen nach.«

Der Portier zog seine Mütze und wünschte den Herrschaften eine gute Nacht.

Im Zimmer angekommen, knipste der Diener den Lichtschalter an; die elektrischen Birnen flammten auf. »Haben die Herrschaften noch Wünsche?«

»Nein, danke.«

»Gute Nacht!«

Die beiden waren allein.

»Ist es dir auch klar, Geliebter, daß wir bestraft werden, wenn man entdeckt, daß wir nicht verheiratet sind?« fragte Vera.

»Das macht mir nichts. Ich lasse mich gerne mit dir zusammen einsperren.«

»Man wird uns aber nicht gemeinsam einsperren!« entgegnete Vera.

»Was machen wir dann?«

Vera setzte sich in einen tiefen Sessel und lehnte den Kopf zurück. »Dann lege ich mich auf das Bett und sterbe!«

»Da merkt man sofort, was für Egoisten ihr Frauen seid! Ich darf zurückbleiben, muß um dich weinen und eine andere Frau suchen.«

»Aha!« Vera sprang auf. »Kaum bin ich gestorben, suchst du dir eine andere Frau. So seid ihr Männer!« Dabei trat sie nahe an Peter heran. »Kannst du nach mir eine andere Frau lieben?«

»Nein, Geliebte!«

»Ich könnte auch keinen anderen Mann lieben. Ich kann nur dich lieben, dich allein!«

Eng umschlungen gingen sie ans offene Fenster. Herbe Nachtluft strömte vom Schönbrunner Park herauf. Auf dem Hietzinger Platz, von einer kleinen rotglühenden Lampe beleuchtet, stand eine Mariensäule. Im schwachen Mondenschein wuchsen die Umrisse der alten Pfarrkirche. Auf der Gloriette schimmerten die steinernen Figuren.

Behutsam hob Peter Vera hoch und trug sie zu dem breiten Bett. Eine lange Nacht voll tiefem Glück umschlang die beiden.

Genoveva war sehr erstaunt, als sie mitten in der Nacht geweckt wurde.

Ein Herr, den sie nicht kannte, verlangte energisch Einlaß. »Meine Tochter will ich sprechen!« sagte er.

Genoveva drückte ihre Bettjacke enger an den Leib. »Sie sind sicher an der falschen Adresse. Ihre Tochter wohnt nicht hier.«

Der Herr erklärte dezidiert: »Meine Tochter Vera ist hier!«

»Ach so«, sagte Genoveva, »bitte, kommen Sie herein und warten Sie hier in der Halle. Ich hole den gnädigen Herrn.«

Aus dem Salon kam im Schlafrock und Hausschuhen Guido Rainer.

»Ich bin Veras Vater«, sagte Graf Degenwart.

Genoveva sah neugierig von einem zum anderen, aber dann zog sie sich zurück und verließ die Halle.

Der Hausherr nahm eine Cognacflasche aus dem Schrank. »Ein Glas Cognac?« fragte er.

Graf Degenwart lehnte ab. »Wo ist meine Tochter?«

In Degenwarts Frage fand Onkel Guido seine Befürchtung bestätigt. Vera hatte gelogen.

Graf Degenwart schilderte der Reihe nach die Ereignisse; die Flucht vor der Trauung und Felix von Rotweils Erkrankung. »Vera ist nicht frei, ihr Verlobter gibt sie nicht frei. Ich muß sofort mit Vera sprechen!«

Onkel Guido bot dem Grafen einen Stuhl an. »Graf, Ihre

Tochter hat gelogen, um meinen Neffen glücklich zu machen. Wir wollen nicht klüger sein ...«

Ein neuer Morgen brach an. Über der Schönbrunner Gloriette strahlte die Sonne. Zwei Verliebte glaubten, daß diese Sonne für sie allein im Osten aufgegangen sei. Weit offen standen die hohen Fenster, angelweit die Türen zum Balkon. Die rot und golden blühenden Sträucher leuchteten.

»Schön ist's, und immer soll es so schön sein!« Peter küßte Veras Hände.

»Dafür will ich dir auch eine gute treue Frau sein«, dankte Vera.

»Wirst du immer an mich denken?«

»Immer!«

»Ich trage dich mit mir, du wirst nie allein sein. Du wirst mich hören und meine Augen sehen. Wenn du mich rufst, werde ich bei dir sein. Überall werde ich bei dir sein!«

Sie hielten einander bei den Händen.

Nach einer Weile fragte Peter: »Weiß dein Vater, daß du bei mir bist?«

Vera schwieg.

»Wird dein Vater in unsere Hochzeit einwilligen?«

»Ich weiß es nicht, Peter. Ich frage auch nicht danach. Mir ist, als wäre ich mit dir im Märchenland. Du bist der Prinz, und ich bin dein kleiner verzauberter Frosch. Du hast mich zur Prinzessin zurückverzaubert. Und jetzt suchen wir unser Königreich.«

»Prinzessin!« Peter beugte seine Knie. »Edle Prinzessin, wir müssen uns beeilen, um in unser Königreich zu kommen. Unser Schnellzug nach Italien fährt in zwanzig Minuten. Hörst du schon das Geläute?«

Vor dem Hotel, an der Straßenbahnhaltestelle, stand der Wagen der Linie sechsundsechzig.

»Mit diesem Schlafwagen«, Peter zeigte auf die Straßenbahn, »fahren wir nach Italien. Richtung: Lainz, Mauer, Mödling, Gumpoldskirchen. Einverstanden, Prinzessin?«

»Gerne, mein Prinz!«

»Prinzessin, mich hungert's! Und hier ist zu lesen: Man läute dem Lohndiener dreimal, dem Kellner zweimal und dem Stubenmädchen einmal.«

Zweimal drückte Peter auf den Klingelknopf.

Der Kellner kam und wartete an der Tür, die weiße Serviette unter dem Arm. »Die Herrschaften wünschen?«

»Jawohl, wir wünschen!« Peter bestellte, Vera bestellte.

Sobald der Kellner das Zimmer verlassen hatte, sagte Vera: »Wie schön das Leben doch sein kann!«

»Das ist erst der Anfang«, erwiderte Peter. »Wenn der Krieg aus ist, wirst du von morgens bis abends von mir geliebt und nochmals geliebt. Wir streiten nur, um uns wieder zu versöhnen.«

»Und die Frauen werden mich beneiden. Sie werden tratschen: ›Wie hat diese Frau es angestellt, diesen Peter Rainer einzufangen? Wenn sie wenigstens hübsch wäre. Schiefe Beine hat sie, eine große Nase hat sie und dazu noch gefärbte Haare!‹ Ich werde zu den Frauen sagen: ›Jawohl, mein Peter ist reingefallen und liebt mich trotzdem, liest mir jeden Wunsch von den Augen ab. Kommen Sie zu uns. Drei Kinder haben wir: Mitz, Peter, Karl. Schöne und liebe Kinder! Trotz der häßlichen Mutter!‹ Und die Frauen werden sagen: ›Was? Diese junge Person hat schon drei Kinder? Und hat ihre Figur nicht verloren? Ist noch schlank wie ein Mädchen?‹«

»Aber, Liebste ...« Peter wollte Vera, die so lustig daherplapperte, unterbrechen.

»Nicht unterbrechen! Eine Frage: Wie viele Frauen hast du vor mir schon geküßt?«

»Aber, Vera ...«

»Kein aber ... antworte mir!«

»Wenn du meine Tanten und Großmütter dazurechnest, waren es hundert!«

»Also: Tanten hast du nur zwei gehabt und Großmutter nur eine. Dann waren es siebenundneunzig andere Frauen! Peter, Peter, du hast es schon sehr toll getrieben! Also, diese Frauengeschichten werde ich dir austreiben!«

»Ich bitte darum.«

»Wirst du mich betrügen?« Vera schmiegte sich an Peter.

»Nein, nie!«

Am Himmel flogen weiße Lämmerwölkchen nach Süden.

Von den beiden Glücklichen unbemerkt, betrat der Kellner das Zimmer, deckte geräuschlos den Tisch und stellte Blumen hin; an der Tür sagte er: »Das Frühstück ist serviert.«

Dem Kollegen auf der anderen Seite des Stockwerks erzählte er: »Die zwei auf fünfundvierzig hören und sehen nichts. Mir gefällt das. Recht haben sie. Man muß die Liebe bis zum letzten Tropfen auskosten. Stimmt's, Franzl?«

»Von mir aus!« Der Angesprochene konnte sich von der Liebe keinen Begriff mehr machen; seine Frau hatte sich in fünfunddreißigjähriger Ehe zu einem Hausdrachen entwickelt.

Das Stubenmädchen Mitzi dagegen sagte zu ihrem Kollegen Poldi: »Der auf fünfundvierzig wär' auch ein Mann für mich! Verliebt sein war schon immer mein Ideal. Nicht so wie mein Ferdinand, der grobe Lackel. Jeden Donnerstag hat er Ausgang. Da gehen wir miteinander ins Kino, und später muß ich nach Hause gehen, weil er im Kaffeehaus seine Tarockpartie hat. Spät in der Nacht kommt er dann zum Schlafen nach Hause. Ich habe mir die Liebe ganz anders vorgestellt. Aber lange mache ich das mit dem Ferdinand nicht mit. Ich such' mir einen Soldaten. Die sind die besten Liebhaber. Die kämpfen fürs Vaterland und für ihre Frauen.«

Der Hoteldirektor, ein Herr Bönisch, klein und dick, fragte seinen immer gut gelaunten Portier Zach: »Was sind denn das für Leute auf Zimmer fünfundvierzig?«

Zach, seit über dreißig Jahren Portier in diesem Hotel, stand mit den meisten Gästen auf vertrautem Fuß. »Die Leute da oben auf Zimmer fünfundvierzig sind schon richtig. Schließlich habe ich einen Blick wie ein Kriminalbeamter.« Dabei blinzelte Zach mit seinen kleinen Augen. »Eins ist sicher: Verliebt sind sie. Nicht einmal einen Wunsch haben sie gehabt. Die Verliebten brauchen kein Stubenmädchen und keinen Lohndiener. Die sind froh, wenn sie allein sein können.«

Peter und Vera kamen zum Empfangschef des Hotels. »Die Rechnung, bitte!«

»Jawohl, sofort, bitte!«

Peter und Vera hatten keinen Grund, länger im Hotel zu bleiben. Sie wollten mit der Straßenbahn nach Italien reisen, und die Straßenbahn kam auch schon angefahren. Zach kassierte dankend und wünschte eine gute Reise, salutierte, zog die Mütze, gab Vera noch den Rat, nicht traurig zu sein. »Der Krieg ist ohnehin bald aus, Sie müssen halt eine tapfere Soldatenfrau sein. Meine Pepi hat auch immer lamentiert ...« Den Schluß seiner Erzählung mußte Zach sich schenken. Peter und Vera standen schon auf der Straße.

In der Straßenbahn fragte der Schaffner: »Wohin, bitte?«

»Nach Italien!« rief Vera vorlaut.

»Nach Italien? Da müssen Sie ja mit der Südbahn fahren!«

»Vorläufig fahren wir nach Mauer! Von dort nach Mödling und dann weiter nach Gumpoldskirchen!«

Die Verliebten, die immer nur in den Himmel schauten, kannten viele kleine Wege durch Weingärten, über sanfte Rebenhügel. Gumpoldskirchen war das Ziel ihrer Hochzeitsreise. Für heute war Gumpoldskirchen ihr Italien.

»Wie gefallen dir die Olivenwälder?« fragte Peter und zeigte auf die Buchenstämme.

»Herrlich! Siehst du dort die Zypressen? Und die Gondel am Meer? Hörst du ›O sole mio!‹?«

Zwei kleine Kinder, ein Bub und ein Mädchen, kamen, eine schwarzweiße Ziege am Strick führend, daher, blieben vor Vera und Peter stehen. »Bitte, wie spät ist es denn?«

Peter zog seine Uhr. »Zwölf Uhr wird's gleich! Zeit zum Essen.«

Das kleine Mädchen ließ den Buben mit der Ziege vorausgehen. »Bitte, wie spät ist es denn?« fragte sie noch einmal.

»Zwölf Uhr wird es bald.«

»Wieso wissen Sie das?«

»Hier, Kleine, weil die Zeiger auf meiner Uhr auf zwölf zeigen.« Peter löste seine Uhr von der Kette und gab sie dem Kind in die Hand.

»Kann ich die Uhr haben?«

»Warum denn?«

»Weil der Poldi, mein Bruder, bei der Firmung keine Uhr

bekommen hat. Er wär' gar nicht zur Firmung gegangen, wenn er gewußt hätt', daß er keine Uhr bekommt.«

»Und jetzt willst du deinem Bruder meine Uhr schenken?«

»Ja, bitte!«

»Da, schenk sie ihm!«

»Danke schön! Jetzt muß ich aber laufen!«

Die Uhr fest in der Hand haltend, lief das kleine Mädchen davon. Kaum zehn Meter entfernt, fiel sie hin. Die Uhr fest in der Faust, rief sie: »Die Uhr ist noch ganz!«

Vera wischte mit ihrem Taschentuch das durch den Sturz schmutzig gewordene Gesicht des Kindes rein. »Du mußt langsam gehen«, mahnte sie, »der Poldi wird die Uhr noch früh genug bekommen.«

Folgsam ging das Kind Schritt für Schritt über die Wiese.

Vera und Peter wanderten den Weinberg hinauf. Ein weißes Haus leuchtete ihnen entgegen. Aus der Dachluke ragte ein langer Stock, an dem ein Buschen Reisig hing. »Ausgesteckt ist, komm, Vera, wir wollen einkehren!«

»Wirtschaft!« rief Peter laut in das Haus; niemand rührte sich, niemand erschien.

»Heda, Wirtschaft! Ist niemand da?« Peter ging durch das große Hoftor. Hühner flatterten auf, flogen über einen großen Düngerhaufen in eine offene Stalltür. Blauweiße Tauben trippelten kopfnickend näher. Aus den Ställen hörte man das Grunzen der Schweine.

In den Händen große Holzbottiche, aus denen heißer Dampf aufstieg, kam ein altes Weiblein aus der Futterküche. »Was schreien S' denn so? Wir sind ja nicht schwerhörig! Wir haben mehr zu tun, als auf einen Gast zu warten. Der Wirt ist im Keller, und die Frau stillt das Kind!«

Vera sagte kopfnickend: »Wir haben Zeit!«

Die Wirtsstube war schlicht eingerichtet. Der Weinbauer in Gumpoldskirchen schenkte nur so viel Wein aus, wie er selber erntete. An der weißgekalkten Wand hingen ein Kalender vom Vorjahr und zwei Heiligenbilder; eines stellte einen Schutzengel, das andere den heiligen Josef als Zimmermann dar. Vor den langen, an die Wand gerückten Bänken standen zwei einfache längliche Holztische. Alles war grün gestrichen. Auf einem Schubladenkasten in der Ecke stand unter einem Glassturz ein silberner Hochzeitsstrauß mit Myrten und Schleier.

In der Hand eine Fünfliterflasche voll goldgelben Weines kam der Wirt, ein guter Fünfziger. »Sie werden schon entschuldigen, daß Sie haben warten müssen, aber untertags sind wir alle bei der Arbeit. Sie kommen sicher aus Wien?« Er strahlte über das ganze Gesicht. Wien war die Stadt seiner schönsten Erinnerungen. »Ich bin als junger Mensch, wie ich beim Militär war, in Wien gewesen. Mein Kompaniechef, ein gewisser Dierlinger, war aus der Wachau. Er war wirklich ein seelenguter Mensch, nur zu wenig Geld hat er halt immer gehabt. Da hat er mich mit einem Brief nach Hause geschickt, zu seinem Vater, der hat ein Schlössel an der Donau gehabt. Er hat ›Papa‹ zu seinem Vater gesagt. Vor diesem Papa bin ich in Habt-acht-Stellung gestanden, solange er den Brief gelesen hat. Dann hat er mich angeschnauzt: ›So ein leichtsinniger Kerl!‹ Beim erstenmal habe ich den Herrn Papa dumm angeschaut. Denn wie kommt er denn dazu, mich einen leichtsinnigen Kerl zu heißen? Bis ich draufgekommen bin, daß er nicht mich, sondern seinen Sohn meint, den Herrn Hauptmann. Dann hat er mir fünf nagelneue Hunderter hingeblättert und einen Brief für den Herrn Hauptmann mitgegeben. Ja!« Der Wirt schaute durch das Fenster, noch immer die Weinflasche in der Hand, und sann: »Ja, das sind jetzt auch schon gut dreißig Jahre her. In Bosnien war ich auch. Heut bin ich zu alt, sonst wär' ich auch wieder beim Militär. Ich hab' zu meiner Frau gesagt: ›Weißt, Kathi, wenn du mich wild machst, meld' ich mich freiwillig!‹ Wissen Sie, was meine Frau gesagt hat? Ich sei ein alter Depp, ich solle mich nicht so wichtig machen. Auf mich würde das Militär nicht warten. Wenn ich aber einen Soldaten vorbeimarschieren sehe, da zieht's mich in allen Gliedern. Am liebsten möcht' ich alles stehen und liegen lassen und mitmarschieren. Aber dann denk' ich halt wieder ... wie weit komm' ich schon? Wie weit werden mich meine alten Füße tragen? In Wien habe ich auch einen Schatz gehabt!« Dabei machte der redselige Wirt eine Handbewegung zu Vera. »Die war Köchin bei einem Grafen. Wenn wir sonntags ausgegangen sind, hat sie mir immer einen Gulden in die Hand gedrückt. Ich war ja ein armer Teufel. Bei uns zu Hause waren sieben Buben und drei Dirnderln. Da war zum Nachschicken nichts da, höchstens zu Weihnachten ein Paar Handschuhe und Socken. So einen Gulden hat man bis neun Uhr abends nicht verbrauchen können. Zwei Virginia habe ich geraucht, und dreimal haben wir gegessen. Und unten im Prater, beim Swoboda, wo die Deutschmeister gespielt haben, da haben wir ein paar Walzer hingelegt, daß die Leut' nur so geschaut haben. Ja, ja, meine Kathi war fesch. Ich als Korporal hab' auch gut ausgeschaut. Aber mit der Zeit wird man dann halt älter ...«

Vera und Peter saßen auf einer der schmalen Holzbänke und ließen den Wirt in seinen Erinnerungen schwelgen. Er setzte ein großes Glas voll Wein an die Lippen, kostete und schnalzte mit der Zunge. Schluck um Schluck, mit sichtlichem Genuß, leerte er das Glas. »Ach, ist das ein Weinderl! Direkt schad', daß ich ihn verkaufe. Wollen Sie auch kosten?« Er schenkte das Glas wieder voll. »Dafür brauchen Sie nichts zahlen! Die ganze Sonn' vom vorigen Jahr ist da drin!«

Peter und Vera nippten, tranken und lobten.

Dann bat Peter: »Geben Sie uns einen halben Liter von diesem herrlichen Wein und dann ... wenn Sie etwas zum Essen hätten, vielleicht was Kaltes? Sie brauchen sich wirklich keine Mühe zu machen.«

Aus der großen Flasche schenkte der Wirt einen Halbliterkrug voll, nahm zwei Gläser von einem Wandbrett und stellte alles auf den Tisch. »Viel haben wir nicht zum Essen da, aber wir werden schon was finden, und wenn's unser Nachtmahl ist!« Mit festen Schritten ging er aus der Stube und rief über den Hof: »Kathi!«

»Ich komme schon!« hörte man eine Frauenstimme antworten.

Peter dachte: Wird Vera mir die Treue halten? Vera ist schön. Vera hat auch ihren Verlobten verlassen! Nein, er wollte nicht daran denken, er selber war ja die Ursache, daß Vera diesem Rotweil davongelaufen war. Wenn man dem einen Mann davongelaufen war, würde man vielleicht auch dem nächsten weglaufen.

»Vera, wirst du mir treu sein?«

»Peter, du mußt Vertrauen zu mir haben!«

Peters böse Gedanken waren verflogen; Veras Antwort hatte ihn frei gemacht. »Verzeih, Vera!«

»Da gibt es nichts zu verzeihen. Eifersucht ist immer da, wo Liebe ist; ich bin auch eifersüchtig. Wirst du mich immer lieb haben?«

»Immer, Vera, immer!«

Die beiden bemerkten nicht, daß der Wirt im Türrahmen stand, in der Hand einen Holzteller mit Wurst, kaltem Selchfleisch und Käse. »Lassen Sie sich nur nicht stören. Busseln Sie ruhig weiter! Ich hab's auch so gemacht, wie ich so alt war wie Sie. Ich bin mit meiner Kathi immer auf den Bahnhof gegangen. Dort haben wir uns ein Busserl nach dem anderen gegeben. Die Leut' haben geglaubt, wir nehmen Abschied. Wir sind vom Südbahnhof zum Westbahnhof, dort haben wir uns wieder abgebusselt.« Er war an den Tisch getreten. »Also, guten Appetit! Die Herrschaften trinken ja gar nichts! Machen Sie sich keine Sorgen, lieber Herr, wegen dem Wein. Sie sind mein Gast, ich lad' Sie ein. Wissen Sie, ich bin sehr glücklich. Bei uns ist fast ein Wunder geschehen. Meine Kathi ist jetzt siebenundvierzig Jahre alt und hat vor ein paar Monaten unseren Stammhalter 'kriegt. Sie hat immer gesagt, ich bin schuld, ich soll mich mehr anstrengen. Da hab' ich mich angestrengt, und jetzt ist er da, der Bub! Ich bin zwar schon ein bisserl alt, aber trotzdem hat's mich g'freut wie net g'scheit. Sie entschuldigen schon, daß ich Sie jetzt allein lass'?« Dabei drehte er sich lächelnd um, schenkte ein Glas voll Wein und nahm es mit hinaus. Über den Hof rief er wieder: »Sind die Schweinderln schon gefüttert?«

»Jaaaa!« antwortete eine Stimme von irgendwoher.

Vera schnitt das Fleisch, die Wurst, den Käse, das Brot. »Mußt fest essen, damit du stark bleibst. Soldaten müssen stark sein!«

Die würzige Luft hatte Appetit gemacht. Was auf dem Holzteller an Eßbarem lag, verschwand in Veras und Peters Magen.

»Herr Wirt, Herr Wirt!« rief Peter. Da der Wirt nicht kam,

stand Peter auf, nahm die Fünfliterflasche und schenkte selber ein. »Prost, Vera!«

»Prost, Peter! Schön ist's in Italien! Siehst du dort den Canal grande, den Dogenpalast, die Markuskirche, die vielen, vielen Tauben, die Fotografen, die Reisenden und die Hochzeitspärchen? Stell dir vor, Geliebter, wir müßten in dieser verliebten Stadt wandern. Wir würden kein einziges Plätzchen finden, wo wir uns küssen können. Immerzu müßten wir Ansichtskarten an Verwandte und Bekannte schreiben ...« Vera täuschte mit ihren kleinen Händen ein Fernglas vor. »Was ist das, Geliebter? Ich sehe keine See! Ich sehe nur Weinberge, Winzer mit hölzernen Tragebutten voll mit Arbeitsgeräten auf dem Rücken. Wir sind gar nicht in Italien!«

»Doch, wir sind in Italien! Wenn ich es sage, sind wir in Italien, verlaß dich drauf!«

»Wenn du mit mir streitest, gehe ich zu meinem Vater zurück. Ich habe ja gewußt, daß du ein Tyrann bist!«

»Du hast mir wie eine Sklavin zu folgen.«

»Sklavin? Ha, ha, ha, nie und nimmer! Ich laufe dir davon!«

»Und deine Liebe?«

»Und du, Schändlicher? Du läßt mich fort?«

»Jawohl, oder du überlegst dir alles und sagst: Jawohl, Geliebter, wir sind in Italien, ich sehe ein Schiff!«

»Jawohl, Geliebter, ich sehe ein Schiff mit weißen Segeln, voll Orangen, Melonen ...«

Peter lachte laut heraus. »Jetzt haben wir endlich einen Ehestreit gehabt. Warum gibst du nach?«

»Weil eine Frau immer nachgeben soll!«

»Schön hast du das gesagt. Dafür bekommst du einen Kuß!«

Vera löste sich aus Peters Umarmung. »Peter, wir Frauen sind sehr falsch. Glaubst du, ich habe nachgegeben, weil ich wirklich das weiße Schiff gesehen habe? Nein, ich habe nachgegeben, weil ich will, daß du glaubst, du wärst im Recht. Männer sind ja glücklich, wenn sie immer im Recht sind.«

»Du nimmst mich also nicht ernst?«

»Darf man Verliebte ernst nehmen?«

»Ich nehme die Liebe ernst. Du nicht?«

»Ich habe immer die Wahrheit gesagt. Ich liebe dich, Peter!«

Peter rückte nahe an Vera heran. »Ich werde um Urlaub bitten, damit wir heiraten können. Du kannst dann stolz erzählen: Mein Mann ist gegen Rußland gegangen und gefallen! – Mit vielen Frauen wirst du trauern. Wenn wieder Friede sein wird, dann weißt du: Dein Mann war auch dabei, dein Mann hat mitgeholfen, damit Frieden ist.«

Verstohlen wischte sich Vera eine Träne aus dem Auge, die Peter nicht sehen sollte.

Peter redete indessen weiter: »Aber nein, ich komme bestimmt zurück! Ich kann dich nicht allein lassen, du brauchst mich doch! Komm, trink! Stoß an mit mir.«

Die Gläser klangen nicht hell, ein hartes Klirren war es, das beim Anstoßen ertönte.

Vera lachte. »Jetzt habe ich einen Schwips!« rief sie übermütig. »Huuuh! Ich spür's im Kopf! Der Kalender an der Wand dreht sich. Und du bist groß! Ich bin ja viel zu klein für dich! Hast du eine große Nase und einen breiten Mund! Peter, du bist nicht schön, aber ich liebe dich trotzdem. Bist du auch beschwipst?«

Peter spürte auch ein Brausen im Kopf. Das kam vom Wein. Aber er fühlte sich frei, frei wie ein Vogel. »Zahlen!« rief er laut. »Herr Wirt, ich will zahlen!« Und er rechnete: »Wir haben gehabt: drei halbe Liter Wein ... bringen Sie uns noch einen halben Liter!«

Der Wirt glaubte zuerst nicht, daß sein Gast wirklich alles bezahlen wollte.

»Stoßen Sie mit uns an, Herr Wirt, Sie waren ja auch einmal jung. Sie, Herr Wirt ...« Peter stand auf, stützte die Hände auf den Tisch und neigte sich nach vorne nahe an das Gesicht des Wirtes. »Herr Wirt, war Ihr Schatz immer treu?«

»Die Kathi schon, weil ich ihr auch immer treu war. Aber die anderen, die in den verschiedenen Garnisonen hängen geblieben sind, die waren mir grad so wenig treu wie ich ihnen. Na ja, wie's halt ist. Man kommt irgendwo hin, da heißt's: ›Korporal Mauracher ...‹, so heiße ich nämlich, ›Quartier suchen für achtzig Mann, drei Offiziere, zehn Pferde.‹ Da geht man ins

Dorf und requiriert Schlafsäcke, Betten und Zimmer. Und da requiriert man gleich was Junges für die Nacht. Fürs Herz wär's zu viel. Am nächsten Tag ist alles vorbei. Die Soldatenbraut, die weint bis zur nächsten Einquartierung. Nur die Burschen im Dorf, die haben eine Mordswut auf die Soldaten, weil sie selber bei den Dirndln im Dorf nicht so viel Glück haben wie wir. Wissen Sie, warum? Weil die Burschen vom Dorf nicht den Mund halten können. Weil sie immer gleich tratschen und prahlen müssen, wenn sie bei einem Dirndl waren. Die Weiberleut' am Land halten was auf sich und wollen nicht ausgerichtet werden. Bei uns Soldaten wußten sie, der kommt und geht, der redet nicht viel, höchstens schreibt er eine Ansichtskarte. Aber die Kathi, die meine Frau ist, die ist mir treu gewesen. Und warum? Weil ich ihr auch treu war.«

Die Wirtin kam herein; in den Armen hielt sie den Xaverl. »Hörst, Mann, tratschst du schon wieder so viel? Wenn mein Mann zum Reden anfängt, ob's mit dem Briefträger oder mit dem Herrn Gendarm ist, kann er nicht aufhören. Er sagt immer, die Militärzeit war seine schönste Zeit; aber damals hätten Sie ihn hören sollen, wie ich ihn als Soldaten kennengelernt hab'! In den ersten acht Wochen haben sie ihn aus der Kaserne nicht herausgelassen, weil er nicht salutieren hat können. Jedesmal, wenn es neun Uhr geworden ist und er in die Kaserne zurück hat müssen, hat er den Kaiser und das ganze Vaterland verwunschen. Aber kaum, daß er G'freiter geworden ist, hat er sich schon eingebildet, er ist der General selber und hat mit mir kommandieren wollen. Aber da habe ich g'sagt: ›Xaver, bei mir kannst nicht anschaffen!‹ Wie ich draufgekommen bin, daß er mit anderen Weibern was zu tun gehabt hat, habe ich wieder g'sagt: ›Xaver, wenn ich dir noch einmal auf was draufkomme, ist Schluß mit uns!‹ Ich weiß nicht, war's die Liebe zu mir oder meine gute Stelle beim Grafen Esterhazy als Köchin, wo er immer mitgegessen hat, kurz und gut, von dem Tag an hat er sich gebessert. Wissen S', Fräulein ...«, die Wirtin setzte sich zu Vera, »einen jungen Mann muß man ja ein bisserl laufen lassen. Überhaupt jetzt, wo der Krieg ist, wo man nicht weiß, was am nächsten Tag sein wird. Aber wenn der

Krieg aus ist, dann müssen S' ihn festhalten und schnell ein Kind kriegen. Ich hab' immer zu meinem Mann g'sagt, eine Ehe ist nur dann richtig, wenn Kinder da sind. Jedes Jahr habe ich ihm das gesagt, bis es was geholfen hat. Da ist jetzt unser Pamperletsch, Xaverl heißt er. G'fallt er Ihnen, der Name?«

Vera war von der Wirtin begeistert. »Sie sind eine wunderbare Frau!«

»Ich danke schön für die Ehr'!« lachte die Wirtin geschmeichelt.

Trotz vieler Einsprüche der Wirtsleute gelang es Peter, die Zeche zu zahlen. Zum Schluß schenkte er das Geld, das der Wirt durchaus nicht nehmen wollte, dem Stammhalter.

Die Mutter brachte einen kleinen Truthahn aus Porzellan, des Stammhalters Sparkasse. »Wenn der Truthahn voll ist, zerschlagen wir ihn und tragen das Geld auf die Sparkasse, gelt, Xaverl?«

»Jawohl, Kathi«, sagte der Vater, »es geschieht alles so, wie du willst.«

Peter drückte dem Wirt fest die Hände; am liebsten hätte er laut geschrien: »Ich bin der glücklichste Mensch auf der Welt!«

Weit hinter den beiden lag Gumpoldskirchen; sie stapften unermüdlich durch den Wald.

Plötzlich rief Vera erfreut: »Zyklamen!« Sie kniete nieder und pflückte die Blumen zu einem Sträußchen. »Das sind meine Totenblumen, Peter!«

»Du sollst nicht ans Sterben denken!«

Vera lehnte den Kopf an Peters Brust. »Hast du gehört, was die Wirtin gesagt hat? In einer guten Ehe müssen Kinder sein!«

»Müssen? Liebste Vera, müssen darf man nie sagen. Es gibt auch viele glückliche Ehen ohne Kinder!«

»Aber du und ich, wir wollen Kinder haben?«

»Sechs, sieben ... Buben und Mädchen!«

»Peter, siehst du dort die schwarzen großen Vögel? Ich habe Angst!«

»Wenn ich bei dir bin, brauchst du keine Angst haben.«

»Du bleibst aber nicht bei mir.«

»Soll ich bei dir bleiben?«

»Nein, du bist Soldat. Ich bin ja stolz, daß ich eine Soldatenfrau bin. Spürst du den Föhn? Den weichen Wind? Hörst du den Kuckuck?«

»Vielleicht ruft er für uns. Er will uns erfreuen, will uns künden, daß er noch da ist, daß noch lange nicht Winter ist.«

»Es ist der erste Kuckuck, den ich höre!«

Peter nahm seine Geldbörse aus der Hosentasche und ließ die Münzen klimpern. »Nimm deine Geldtasche«, sagte er, »wenn man einen Kuckuck hört, muß man mit Geld klimpern. Dann hat man das ganze Jahr Geld.«

»Peter, wenn jetzt eine Kreuzotter käme ...«

»Aber, Vera, was hast du für Gedanken?«

»Ich möchte wissen, was du dann tun würdest.«

»Ich würde dich retten. Das Gift aus deiner Wunde saugen und dich zum Arzt tragen.« Peter war glücklich.

»Und wenn du mich nicht mehr tragen könntest?«

»Dann legen wir uns in den Straßengraben und schlafen ein. Einschlafen ... und wieder einschlafen ...« Sie ließen sich auf dem Waldboden nieder.

Vera schloß die Augen. Der Wein hatte sie berauscht. Sie spürte ein nie gekanntes Gefühl. »Einschlafen will ich! In deinen Armen! Halt mich fest ... ich will schlafen ...«

Peter hielt Vera im Arm. »Schlaf, mein Kindchen, schlaf, dein Vater ist ein Graf, deine Mutter ist eine Bauerndirn, muß die Kinder selber wieg'n, schlaf, mein Kindchen, schlaf ...«

Veras Lippen öffneten sich; ihre Augen waren geschlossen. Ein schelmischer Zug lag auf ihrem Gesicht. »Du bist ein großes Schaf!« Dann schlief sie ein.

Ihr Geliebter wachte.

In der Ferne pfiffen Lokomotiven und heulten Fabriksirenen. Peter dachte daran, daß sein Regiment bald an die Front kommen würde. Er geriet ins Träumen. »Eines Tages wird man meinen Namen rufen: ›Leutnant Rainer! Post aus der Heimat!‹ Die Kameraden werden mich um diesen Brief beneiden. In diesem Feldpostbrief wird zu lesen sein: ›Du, Du, mein einzig Geliebter! Ohne Dich ist die Welt nicht schön. Ohne Dich gibt es keinen Himmel. Ohne Dich will ich nicht leben. Ich stehe vor dem Spiegel und mache mich schön für Dich. Wenn ich nicht schön bin, wirst Du sagen: Liebste Vera, warum hast Du Dich nicht schön gemacht? Also will ich mich für dich schön machen. Und draußen in Hietzing hab' ich ein Häuschen. Drei Zimmer sind unten und eines oben unter dem Dach. Ich hab' das Häuschen für uns gemietet. Hinter dem Häuschen ist ein kleiner Garten. Ich habe stolz erzählt: Ich bin eine Soldatenfrau, mein Mann kommt bald aus dem Feld zurück. Was kostet dieses Häuschen? Hundert Kronen hat die Hausfrau verlangt. Sie sind eine Soldatenfrau? hat sie gefragt. Haben Sie Möbel, Bettwäsche, Matratzen? Wenn Sie zu wenig haben, kann ich Ihnen aushelfen. Hörst Du, Geliebter? So gerne hat man mich, weil ich eine Soldatenfrau bin. Die alte Dame läßt grüßen ...‹«

Peter träumte mit offenen Augen, er saß im Wald und hielt Vera im Arm.

Eine Turmuhr schlug die Stunde, und Peter zählte die Glockenschläge. Vier Uhr nachmittags war es! Heute nacht noch, dann noch eine Nacht, und dann würde es heißen: »Leutnant Rainer!« Drei Tage hatte man ihm Zeit gegeben. Drei Tage Urlaub hatte er, um seine privaten Angelegenheiten zu erledigen ...!

Vera drängte ihr Gesicht tiefer in seinen Arm.

»Wir müssen zurück, Vera!«

»Ich möchte in keinem Hotel schlafen. Ich habe mir immer gewünscht, in einem Bauernhaus zu übernachten!«

Behutsam trug Peter Vera durch Gesträuch und an niederen Bäumen vorbei aus dem Wald und stellte sie auf die Füße. »Schau den Himmel, wie er sich färbt! Wir sind doch in Italien!«

»In Italien! Ich bin überall dort, wo du bist!«

Vera lief voraus. »Du mußt mich fangen!« rief sie zurück.

Peter hatte sie bald erwischt. Weiter liefen sie über die Wiesen. Vor einem Weingarten blieben sie stehen.

»Hörst du, klapperlapapp, klapperlapapp?!« rief sie. »Das sind die Windklappern. Weinbergmusik ist's.«

»Störche!«

»Richtig, zwei Störche!« Der zweite flog langgestreckt hinter dem ersten. Sie kamen aus Ungarn und flogen nach Norden.

»Bald ist der Herbst da, Vera.«

»Und bald ist unser Frühling wieder da, Peter.«

Hand in Hand liefen sie über einen steinigen Weg, der ins Tal führte. Viele Soldaten, einzeln, in Gruppen, mit Mädchen und Frauen, kamen ihnen entgegen. Aus einer Buschenschenke hörte man spielen und singen: »Verkauft's mein G'wand, ich fahr' in Himmel!«

Ein Soldat sang seiner Liebsten ins Ohr: »Mein Schatz hat blaue Augen, und ich hab' blondes Haar, wir liebten uns so innig, so manches liebe Jahr.«

Ein betrunkener Reservist gab eine Rede zum Besten: »Eines kann ich euch sagen ... ihr könnt euren Wein ruhig weitertrinken. Solange wir draußen an der Front sind, könnt ihr ruhig weitertrinken. Aber wenn wir zurückkommen, dann muß auch Wein für uns da sein, verstanden?«

Einem Krüppel war der Wein zu Kopf gestiegen; er riß seinen Rock, sein Hemd auf und schrie: »Wo ist der Feind? Hier ist mein Herz! Schießt her, hier ist meine Brust!«

»Geh, du armes Hascherl«, sagte sein Nachbar besänftigend, »trink lieber deinen Wein und laß die anderen den Feind kitzeln.«

Peter und Vera zogen an dieser Buschenschenke vorbei. Nichts störte sie, kein lauter Gesang, kein lautes Wort, aber sie wollten miteinander allein sein.

Auf der großen Reichsstraße stiegen Offiziere aus einem Auto. Worte wie »Terrain«, »Telefonleitung«, klangen auf. Es waren Offiziere im Dienst. Peter und Vera schien es, als nickten ihnen diese Männer verständnisvoll zu.

Wenn man wünscht, daß der Tag kein Ende nimmt, dann bricht die Nacht schnell herein. So ging es auch Peter und Vera.

Abseits der Straße, würdig wie ein kleines Kastell, stand ein Bauernhof. Nur ein schmaler Fahrweg führte hinauf. Den von Füßen und Hufen stark zertrampelten Weg hinauf ging ein junger Mensch.

Peter und Vera holten ihn ein. »Wer ist der Herr von diesem Hof?« fragten sie.

»Was wollen Sie von meinem Vater?« fragte der junge Mensch zurück.

»Können wir bei euch übernachten? Selbstverständlich gegen Bezahlung?« fragte Peter.

»Sie können mein Zimmer haben. Ich muß heute noch zu den Soldaten.«

Der Bauer – er schrieb sich Vincenz Wögerer – war auch Müller. Seine Haare waren schneeweiß, sein Körper mehr als hundert Kilogramm schwer. Ein Koloß war er. Er nahm vom Tisch ein gepacktes Paket und gab es seinem Sohn. »Brauchst du Geld?«

»Dankschön, Vater«, sagte der Junge.

»Dann geh halt in Gottes Namen!«

Vater und Sohn gingen bis zur Tür. Dort sagte der Vater: »Komm halt wieder gesund zurück!« Nichts weiter.

»Bleib auch gesund, Vater. Nimm dir mehr Leut' zur Arbeit, damit du dich selber schonen kannst. Für mich brauchst du nicht sparen. Ich bin jung, ich kann noch viel arbeiten.«

Vater Wögerer schaute lange durch das Fenster. Draußen war es tiefe Nacht. Eine Zeitlang hörte man die sich entfernenden Schritte seines Sohnes. Sehen konnte man in der Dunkelheit nichts.

»Sehen Sie, liebe Frau«, wendete sich der Bauer an Vera, »so ist das im Leben. Kaum hat man so einen Burschen großgezogen, muß man ihn wieder hergeben. Muß Ihr Mann auch zu den Soldaten?«

Vera bejahte.

»Dann werden S' ja wissen, wie mir zumute ist.« Dann drehte er sich um und rief in die Küche: »Richtet für die Leute ein Zimmer und was zum Essen her!« Bevor er aus der Stube ging, gab er Vera und Peter die Hand. »Mich müssen S' entschuldigen, ich hab' noch zu tun. Die Mühle hat Tag und Nacht Arbeit.«

In dieser Nacht strahlten die Sterne, als hätten sie ein Festkleid angelegt. Peter und Vera dachten an die nächsten Stunden; sie verrannen den Glücklichen nur allzu schnell.

Um drei Uhr morgens fragte Peter leise: »Schläfst du, Vera?«

Vera schwieg. Sie schwieg, obwohl sie wach war und Peter gehört hatte. Sie stellte sich schlafend, weil sie vor Glück nicht sprechen konnte, kein Wort kam über ihre Lippen. Sie hätte vor Glück weinen mögen.

»Kikeriki!« krähte der Hahn.

Die Sonne drängte durch die Nacht. Aus Äckern und Wiesen stieg der Nebel zu den Weinbergen empor. Der Tag war angebrochen.

Mit festen Stiefeln an den Füßen, eine schon stark abgewetzte Lederjoppe an, das Hemd vorne weit offen, so stand der Bauer Wögerer mitten im Hof. Dampfende Pferde, die vor einen großen, mit Mehlsäcken beladenen Wagen gespannt waren, wieherten freudig.

»Mußt die Pferde schonen! Spann sie gleich aus und streu ihnen Kukuruz vor!« sagte der Bauer zu einem Knecht. »Und du, Liesl«, er drehte sich einer Magd zu, »beeil dich, damit die Milch zur Bahn kommt. Florian, geh schneller, das Kraut muß noch heute in den Keller. Na Herr ...«, damit wendete er sich an Peter, der mit Vera in den strahlenden Tag getreten war, »haben Sie gut geschlafen?«

»Danke schön, sehr gut. Ich möchte wissen, was ich schuldig bin!«

»Eine gute Nachrede, sonst nichts. Wann geht's denn auf den Feind los?«

»Bald!«

»Ja«, sagte der Bauer und biß die Zähne zusammen, »es ist halt eine eigene Sach', wenn man sein Leben verteidigen muß.«

Vera beruhigte ihn. »Es trifft ihn ja keine Kugel.«

»Da haben Sie recht, junge Frau. Das ist der einzige Trost, der uns bleibt. Habt ihr Kinder? Nein? Na, da haben Sie's ja leichter. Wenn mir mein Bub, der Franzl, nimmer zurückkommt, weiß ich nicht, wozu ich die Mühle und den Hof hab'. In ein paar Jahren hab' ich sie dem Buben übergeben wollen. Ich hab' mich schon wegen einer Frau für ihn umg'schaut. Der Krieg wirft alles um. Himmelherrgottfixnocheinmal, man darf sich's nicht zusammenrechnen.« Zu Vera gewandt fragte er: »Haben Sie schon gefrühstückt?«

»Ja, ich danke schön!« erwiderte sie. »Wenn man bei Ihnen am Hof die Augen aufmacht, weiß man erst, was alles geschehen muß, damit die Menschen ihr tägliches Brot haben.«

»Man tut, was man kann«, wehrte der Bauer ab. »Alsdann, eine gute Weiterreise. Und Sie, liebe Frau, wenn Sie einmal nimmer wissen, wohin Sie sollen, dann kommen S' zu mir. Ich bin zwar ein grober Bauer und wegen meiner Grobheit in der Gegend verschrien, aber's Maul ist nicht's Herz, und's Herz ist gut bei mir.«

Auf den Feldern jubilierten die Lerchen; in steilen Kreisen schraubten sie sich zum Himmel empor.

»Die Lerchen singen für uns«, behauptete Peter.

Über Stock und Stein, über aufgefurchte Erde, über Felder wanderten Peter und Vera, sich von der breiten Landstraße fernhaltend. Ein Jäger mit seinem Hund kam ihnen entgegen. Von weit her hörte man das Rattern eines Zuges, der um einen kleinen Berg herum näher fauchte. Die Lokomotive zog eine lange Reihe von Wagen.

»Wenn der Krieg aus ist, fahren wir mit einem Expreßzug in den Süden«, erklärte Peter, »aber jetzt eine wichtige Frage: Wo wollen wir zu Mittag essen?«

»In Rom! Einverstanden?«

Peter aber war schon hungrig und wollte noch vorher an der Riviera ein zweites Frühstück einnehmen.

Es fand sich eine freundliche Bäuerin, die ihnen kuhwarme Milch kredenzte. Dazu gab es Schwarzbrot und Butter. Ohne die Bäuerin erst zu fragen, was er schuldig war, legte Peter zwei Einkronenstücke auf den Tisch. Dann wanderten sie weiter. Sie kamen zu einer kleinen Bahnstation. Stündlich hielten dort Personenzüge, die nach Wien fuhren. Peter verlangte zwei Fahrkarten nach Rom.

Der Kassenbeamte sah ihn ganz verschreckt an. »Nach Rom wollen Sie fahren, über Wien? Da ist es besser, Sie lösen sich in Wien die Karten. Die Zusammenstellung nach Rom bringe ich hier nicht zusammen«, sagte er treuherzig.

»Na schön, dann geben Sie uns zwei Karten nach Wien«,

meinte Peter versöhnlich.

An der Sperre fragte Vera lächelnd: »Stimmt's, der Zug, der jetzt kommt, fährt nach Rom?«

Der Sperrschaffner, ein alter Mann, brummte: »Halten S' mich nicht zum besten! Sie wollen doch nach Wien fahren, das steht ja auf Ihrem Billetterl!«

Vera hätte den Mann am liebsten um die Mitte genommen und einen Ringelreihen mit ihm getanzt. »Sie werden es nicht verstehen, aber wir fahren doch nach Italien!«

Sonne und Liebe im Herzen, das war das Reisegepäck, das Vera und Peter mit sich führten.

Vera äußerte einen Wunsch: »Wir wollen in einem erstklassigen Hotel absteigen.«

Peter musterte seinen Anzug, der zwar nicht schmutzig, aber doch recht zerknittert war. »Wenn Sie uns reinlassen, bitte!«

Am Wiener Hauptbahnhof standen Soldaten; viele nahmen von ihren Angehörigen Abschied. Kommandos schallten durch die Halle: »Alles einsteigen!«

Zeitungsverkäufer schrien: »Die russische Grenze überschritten!«

Der Lokomotivführer war glücklich, daß sein Zug mit einer Viertelstunde Verspätung abfahren würde. Seine Frau lag im Krankenhaus und erwartete ein Kind. Vielleicht erfuhr er noch in dieser Viertelstunde, ob es ein Bub oder ein Mädel war und wie es Mutter und Kind ging.

Eine blondlockige Zigarettenverkäuferin schenkte einem Soldaten eine Schachtel Zigaretten. Er hatte zu wenig Geld. »Ist schon gut«, lachte sie.

In letzter Minute kamen Reisende mit Gepäckstücken angestürzt. Das Getriebe auf dem Bahnhof war wie dröhnende Musik.

Der Portier im Hotel Imperial wußte nicht, was er sagen sollte, als Peter, ohne Gepäck, ein Zweibettzimmer mit Bad verlangte.

»In welchem Stock soll es sein?«

»Im ersten Stock, bitte!«

»Wie lange wollen die Herrschaften bleiben?«

»Eine Nacht.«

Wieder füllte Peter einen Meldezettel aus: »Peter Rainer und Frau.«

Lohndiener und Liftboy tuschelten: »Kein Gepäck!«

Das Bad war ein Hochgenuß. Die seidenen Daunendecken knisterten. Die großen Spiegel an den Wänden warfen die Bilder der Glücklichen zurück. Neben dem Bett auf dem Nachtkästchen stand ein Telefon.

»Schade«, sagte Peter, »daß die Hofoper Sommerferien hat. Sonst würde ich jetzt zum Portier hinuntertelefonieren und ihn beauftragen, uns eine Loge für abends zu besorgen. Ach, ich möchte mit dir in die Oper gehen. Man müßte ›Don Juan‹ spielen, ›Don Juan‹ ist meine Lieblingsoper.«

Vera stellte sich vor Peter hin. »Bei mir wirst du kein Don Juan sein! Mich wirst du nicht betrügen!«

Peter ging lachend auf Veras Ton ein. Er schlug ein Badetuch als Mantille um seine Schultern, einen Kleiderbügel nahm er als Degen. Er verbeugte sich vor Vera mit einem tiefen Kratzfuß und sang: »O Liebchen, höre mein Flehen!«

»Ich bin das Kammerzöfchen der Donna Anna, die liebst du, nicht mich!«

Peter, der die Oper teilweise auswendig kannte, sang drauflos: »Reich mir die Hand, mein Leben, komm auf mein Schloß mit mir ...«

Vera, die ihren Part zu singen versuchte, konnte vor Lachen nicht weiter; sie fiel in Prosa: »Ach, ein Schloß haben Sie auch? Aber mit Ihrem Schloß können Sie mir nicht imponieren! Heiraten müssen Sie mich. Oh, ich sehe den Schreck in Ihrem Antlitz, Sie wollen mich nicht heiraten ... Sie wollen mich verführen, meine Unschuld rauben!«

»Aber herrlichste Donna, warum glaubt Ihr nicht meinen Worten?«

»Weil Sie ein schändlicher Verführer sind, weil Sie Donna Anna, Donna Elvira, Zerline, Michaela – ach, mir fallen die Namen nicht ein – auch verführt haben!«

Peter nahm das Telefonbuch vom Nachtkästchen. »Hier, meine Schöne! Ich habe alle Namen der Verführten aufgeschrieben. Dreihundertfünfundsechzig Namen. Jeden Tag eine andere Frau, aber als ich dich sah, wußte ich, daß du der Stern aller Frauen bist. ›Reich mir die Hand, mein Leben, komm auf mein Schloß mit mir . . .‹«

An der Tür klopfte es. Ein befrackter Kellner steckte den Kopf durch die Türspalte und sagte – man sah ihm an, wie unangenehm ihm der Auftrag war, den er zu erfüllen hatte –: »Entschuldigen Sie bitte, aber der Herr Kammersänger Steierberg wohnt nebenan . . .«

Peter merkte, wie schwer es dem Diener wurde, weiterzusprechen. »Nun?« fragte er.

»Der Herr Kammersänger behauptet, daß der Herr miserabel singt und überhaupt keine Stimme hat.«

»Stimmt!« rief Peter belustigt. »Wenn ich so schön singen könnte wie der Herr Kammersänger, dann wäre ich wahrscheinlich auch Kammersänger. Bestellen Sie ihm das und schöne Grüße von mir.«

»Sehr wohl, ich werde es dem Herrn Kammersänger bestellen.«

Peter war in bester Stimmung. »Nein, nein, sagen Sie dem Herrn Kammersänger, wir lassen uns entschuldigen. Wir sind übermütig gewesen. Er wird durch meinen Gesang nicht mehr gestört werden.«

Der Kellner zog sich geräuschlos zurück, und gleich darauf erklang von nebenan eine herrliche Stimme; Kammersänger Steierberg sang die Champagnerarie.

Peter läutete dem Diener. »Besorgen Sie mir einen großen Korb roter Rosen!« trug er ihm auf.

»Sofort!« Einen großen Korb roter Rosen, dachte der Diener, das kostet mindestens dreißig Kronen. Der Herr scheint bei Kasse zu sein!

»Du bist leichtsinnig, Peter«, sagte Vera tadelnd.

»Leichtsinnig nennst du mich, leichtsinnig, weil ich meine Geliebte beschenke? Onkel Alfons hat gesagt, ich soll das Geld ausgeben. Heute ist heut! Wir wissen nichts von morgen.«

Zum erstenmal war das Wort »morgen« gefallen.

»Peter, versprich mir, daß du nicht ohne Abschied von mir

gehst«, bat Vera.

»Du bist doch meine tapfere liebe Frau!« Zart streichelte Peter Veras Wangen, Haar und Arme. »Du weinst? Nein, das glaube ich nicht!«

Vera riß die Augen weit auf, um die Tränen zurückzuhalten.

Ein Boy brachte die Rosen und mit ihnen ein Stück Sommer ins Zimmer.

Peter deklamierte: »Und jede Blume soll dir erzählen, wie lieb ich dich habe!«

Auf dem Kärntnerring brauste das Leben. Kaum hörbar drang durch die dicken Hotelmauern das Tuten der Autohupen, das Trambahngeläute, das Rufen der Zeitungsverkäufer. Peter und Vera waren allem entrückt. Sie dachten nicht an den Krieg, sie waren ein Liebespaar.

Nachmittags gingen sie über den teppichbelegten Korridor nach unten.

»Wollen die Herrschaften nicht mit dem Lift fahren?« fragte der Liftboy.

»Nein, danke!« sagte Vera freundlich.

Sie freuten sich darauf, über die breiten Treppen an den mit schönen Dingen ausgelegten, beleuchteten Vitrinen vorüberzugehen.

»Alles kaufe ich dir, ich will dich verwöhnen«, raunte Peter in Veras Ohr.

Vera blieb stehen, hielt Peter zurück. »Gib mir sofort einen Kuß!«

Ohne auf die Hotelgäste Rücksicht zu nehmen, küßten sich Vera und Peter.

Eine übermodern gekleidete ältere Dame äußerte ihre Meinung: »Sicher ein Stubenmädchen, das mit dem Lohndiener ausgeht!«

Der Portier meldete: »Die Rosen sind von Fossati!« Diskret flüsterte er: »Fünfunddreißig Kronen!« Er war sich nicht sicher, ob dieser Gast die nötigen Mittel hatte. Zuerst das teure Zimmer, dann die Rosen.

Peter zog seine Brieftasche. Die Banknoten fielen heraus. Angesichts des vielen Geldes verbeugte sich der Portier und steckte fünf Kronen Trinkgeld mit Dankesworten ein.

»Peter«, sagte Vera, »warte einen Augenblick. Ich muß telefonieren. Mein Vater sorgt sich gewiß um mich!« Aus der ledergepolsterten Telefonzelle in der Hotelhalle rief sie das Degenwartsche Palais an und ließ ihren Vater ans Telefon rufen. »Vater, ich bin's«, meldete sie sich.

»Gott sei Dank«, hörte sie vom anderen Ende des Drahtes, »wann kommst du?«

»Morgen«, sagte sie tonlos und hängte den Hörer auf. Sie trat aus der Zelle und ging blicklos an Peter vorüber.

Peter rief ihr nach: »Vera!«

Sie wendete sich um. »Entschuldige, Peter. Vater läßt dich grüßen. Er freut sich, daß wir glücklich sind!«

Auf der Straße waren die Schaufenster voll Sonnenlicht. Bei einer Parfümerie blieb Vera stehen. »Entschuldige mich einen Moment«, sagte sie und betrat den Laden.

Peter ging vor dem Geschäft auf und ab. Die Ringstraße war ihm sehr vertraut. Wie oft war er hier einem leichtsinnigen Abenteuer nachgegangen!

»Servus, Peter!« rief ihm ein Kamerad zu und blieb vor ihm stehen. »Geht's bald an die Front?«

»Ja, bald«, erwiderte Peter.

»Na, also, dann auf Wiedersehen im Schützengraben!«

»Servus!«

Der Kamerad ging weiter, Peter wußte kaum seinen Namen. Seit er Vera kannte, hatte er nur wenig Interesse für Bekannte und Freunde, mit denen er manche Nacht verbummelt hatte.

Der Pianist aus der Bristol-Bar hatte früher immer prophezeit: »Alle Freunde ziehen sich zurück, wenn einer von ihnen verliebt ist.« Verliebte wurden moralisch, Verliebte waren eifersüchtig, Verliebte waren treu.

Peter preßte die Nase an die Schaufensterscheibe. Im Laden kaufte Vera Parfüm. Es trug den bemerkenswerten Namen »Denk an mich«.

Als Vera an einem Spiegel vorbeiging, erschrak sie. Ihr Gesicht war eingefallen. Es war nicht leicht, einem Mann, mit dem man verlobt war, davonzulaufen, selbst wenn dieser Mann bemüht gewesen war, einem alle Ideale zu zerstören.

Peter schob seinen Arm unter den ihren, sie lachte wieder.

Sie kamen zur Kärntnerstraße. Fleißige Leute hasteten, Spaziergänger bummelten. Ein Schutzmann stand an der Straßenkreuzung, scheinbar unberührt von diesem Betrieb, und regelte den Verkehr. Wenn er die Hand hob, blieben Autos und Straßenbahnen stehen.

»Kaufen S' Blumen, der Herr! Schöne Mimosen sind da!«

Vera zog Peter mit sich fort; er hätte am liebsten alle Blumen gekauft, die man ihm anbot.

Vor einem Friseurladen merkte Peter, daß er nicht rasiert war. »Jetzt mußt du mich entschuldigen, Vera!«

Vera sah ihn groß an. »Du kannst mich doch nicht auf der Straße warten lassen!«

»Warte im Kaffeehaus, dort an der Ecke, im ›Fenstergucker‹!«

Vera ging ins Kaffeehaus, Peter zum Rasieren. Eine Viertelstunde später waren sie wieder beisammen.

»Schön ist Rom«, sagte Vera.

»Wieso Rom?«

»Ach, Peter, du vergißt auch alles! Wir sind doch in Rom!«

»Richtig. Und da ist auch die Peterskirche.«

Sie standen am Stephansplatz, vor dem Wahrzeichen Wiens, der Stephanskirche.

»Wir wollen in die Kirche gehen.«

Flüstern, Dunkel, Weihrauchduft, Kerzenflackern. Vor dem Allerheiligsten flackerte eine kleine Lampe, das ewige Licht. Schatten schwebten über das Chorgestühl. Ein Mesner, den Klingelbeutel in der Hand, ging durch die Reihen der Gläubigen und Neugierigen. Vor dem gnadenreichen Muttergottesbild, das vergittert vor dem Hauptaltar stand, knieten die Andächtigen und küßten das Gitter.

Vera lief aus der Kirche. Sie dachte an ihre Flucht. Sie dachte daran, daß sie in dieser Kirche hätte getraut werden sollen.

Wie im Traum verging der Tag. Peter war stolz auf seine schöne Frau, die ihren Arm in den seinen gelegt hatte und mit ihm durch die Straßen ging. Vorübergehende staunten sie an.

»Ich bin doch sehr eifersüchtig«, behauptete er.
»Du hast keinen Grund dazu. Ich gehöre nur dir!«
Peter drückte Veras Arm fester an sich.

Im Hotel Imperial am Kärntnerring hatte der Tag begonnen. Schlag neun Uhr ließ der Portier Oberberger durch einen Hotelpagen, wie es ihm vom Nachtportier aufgetragen worden war, Frau Vera Rainer wecken.

»Fall nicht mit der Tür ins Haus! Zuerst anklopfen, warten, bis ›Herein‹ gerufen wird. Wenn sich niemand meldet, machst du leise die Tür auf und schaust nach, ob du eintreten kannst, verstanden?«

»Jawohl, Herr Oberberger!«

Vera saß seit einer Stunde, völlig angezogen, im Lehnsessel. Sie konnte keinen klaren Gedanken fassen. Peter war ohne Abschied weggegangen. Warum? Warum? Sie hörte nicht das Klopfen an der Tür, sah nicht, daß der Hotelpage, die Mütze abnehmend, eingetreten war. Aus weiter Ferne drang an ihr Ohr: »Guten Morgen, gnädige Frau. Der Portier hat mich heraufgeschickt, ich soll Sie wecken. Es ist neun Uhr. Küß die Hand!« Der Hotelpage verließ das Zimmer und schloß lautlos die Tür.

»Peter!« rief Vera laut. »Peter!«

Warum stürzten die Wände nicht ein? Sie konnte es nicht fassen, daß Peter fort war. Sie riß die Badezimmertür auf und wimmerte: »Peter, Peterl!«

Alle Klingeln setzte sie in Betrieb. Nach Sekunden sahen Stubenmädchen, Kellner und Lohndiener in ihr Zimmer.

»Wann ist mein Mann weggegangen?«

Die drei Gerufenen schauten sich gegenseitig an; sie wußten es nicht. »Vielleicht fragen gnädige Frau den Portier!«

»Danke!« sagte Vera, und die drei Angestellten verließen das Zimmer wieder.

Vera fragte durchs Telefon den Portier: »Wann ist mein Mann weggegangen?«

»Sehr früh schon, gnädige Frau. Der Nachtportier – ich habe ihn um sieben Uhr abgelöst – hat mir aufgetragen, Sie zu wecken. Ihr Herr Gatte hat das Hotel um fünf Uhr verlassen.«

»Danke«, hauchte Vera ins Telefon und legte den Hörer auf das zerwühlte Bett. In ihrem kleinen Koffer lagen glitzernd die Schmuckstücke, die sie von Onkel Guido bekommen hatte.

Vera verließ das Hotel, sie lief über den Kärntnerring in die Kärntnerstraße.

Passanten drehten sich nach ihr um. »Die scheint's ja sehr eilig zu haben. Manieren hat das Fräulein!«

Ein schwerer Autobus brauste vorbei. Vera starrte die Fenster dieses Ungetüms an. Saß Peter drinnen? Soldaten zu zweit, zu dritt, allein, hasteten irgendwohin. Jedem dieser Soldaten starrte Vera ins Gesicht.

Sie nahm ein Taxi. »Fahren Sie mich nach Sievering!« Bei Onkel Guido würde sie Peter bestimmt treffen. Die Straßen verschwammen vor ihren Augen. Sie spürte nicht die Kälte des Ledersitzes im Auto. Der Chauffeur achtete auf die Zeichen der Polizei.

Vera rief laut: »Fahren Sie schneller!«

Plötzlich änderte Vera ihren Plan. Peter hatte richtig gehandelt; er konnte nur ohne Abschied weggehen. Vera preßte die Hand aufs Herz. Dann wandte sie sich an den Chauffeur und nannte ihm die Adresse des Degenwartschen Palais.

Furchtlos betrat sie das Schlafzimmer ihres Vaters; es war jetzt Rotweils Krankenzimmer.

Graf Degenwart ging seiner Tochter entgegen.

Vera schaute in das Gesicht ihres Vaters; die durchwachten Nächte hatten ihre Spuren hinterlassen. »Ich bleibe jetzt hier.«

Rotweil lag, bis zum Hals zugedeckt, über Stirn und Augen eine Eiskompresse, regungslos da.

»Felix!« flüsterte Vera. Sie bekam keine Antwort. Wenn er nun starb? Entsetzen packte Vera. Sie war die Schuldige, sie hatte den Bräutigam in den Tod getrieben.

Lautes Husten riß sie aus ihren angstvollen Gedanken.

»Professor Schwertsieder ist mein Name! Ihr Herr Bräutigam ist über das Schwerste hinweg. In einigen Wochen wird er sich wieder völlig erholt haben. Aber, bitte, keine Aufregungen. Ein Rückschlag könnte sein Tod sein. Ich höre, Sie waren verreist. Wie war die Reise?«

»Danke, gut.«

»Sind Sie müde?«

»Nein.«

Der Arzt prüfte die Herztöne des Patienten; er war zufrieden. Während er die Instrumente in seiner schwarzledernen Tasche verstaute, verabschiedete er sich.

Ein Diener meldete: »Das Essen ist serviert.«

»Was für Essen?«

»Das Mittagessen!«

»Ist es schon so spät?«

»Es ist ein Uhr!«

»Ich habe keinen Hunger!«

»Komtesse müssen etwas essen!«

»Danke, ich kann nicht.«

Graf Degenwart schlief. Er hörte nicht, wie seine Tochter durch das Haus ging. Aus allen Fenstern blickte Vera ins Freie. Die Bäume im Park standen im schönsten Grün. Kein Sonnenstrahl drang durch die Wolken. Grau war die Luft.

Vom Bahnhof hörte man eine Lokomotive pfeifen. Vera schrak zusammen. War es die Lokomotive, die Peter für immer entführte?

Zeitungen lagen herum. Fettgedruckt stand in Schlagzeilen geschrieben: »Unsere Truppen marschierten siegreich!«

Am Nachmittag, nach einem kurzen krampfartigen Anfall, schlug Felix von Rotweil die Augen auf. Mühsam bewegte er den Mund, langsam fand er das Wort: »Vera!«

»Ja?«

Er wollte Veras Hand fassen – es gelang ihm nicht. Er konnte die Hand nicht unter der Decke hervorbringen, so schwach war er. Unter Anstrengung sagte er: »Bleib bei mir!«

»Ja«, hauchte Vera und legte ihre Hand in Rotweils fiebrige Hände, »ich bleibe!«

Rotweil bettelte: »Verzeih mir!«

Vera hörte im Geist Professor Schwertsieder: »Jede Aufregung kann tödlich sein.« Sie stammelte: »Ich verzeihe ...«

Rotweil schloß die Augen; er schlief ein.

Wien war still geworden. Viele Wochen waren vergangen. Im Westen und im Osten war der Krieg in vollem Gange.

Ohne Gepränge, ohne Gäste und Neugierige wurden Vera und Felix in der Sakristei zu St. Stephan getraut. Als Trauzeuge fungierten Sektionschef von Ehrenfels für den Bräutigam, Graf Degenwart für die Braut. In einem Rollstuhl wurde Felix durch das Dunkel des Kirchenschiffs von seinem getreuen Diener Alois gefahren. Felix von Rotweil war gelähmt. Die bedeutendsten Spezialisten waren zur Konsultation an sein Krankenlager gerufen worden. Übereinstimmend lauteten die Befunde: »Die körperliche Verfassung des Patienten war durch jahrelangen Genuß narkotischer Mittel so geschwächt, daß der erlittene Nervenschock zu einer dauernden Lähmung der oberen Körperhälfte geführt hat.«

Felix von Rotweil konnte keinen leichtsinnigen Freuden mehr nachgehen. Sein erster Impuls nach der ärztlichen Konsultation war gewesen, Selbstmord zu begehen. Tage- und nächtelang hatten starke Krankenwärter um ihn sein müssen, um seine Absicht zu vereiteln.

Vor der Trauung hatte Graf Degenwart mit seiner Tochter gesprochen, ihr eindeutig die Lage geschildert: »Es liegt kein Zwang mehr vor, Vera, du mußt Felix von Rotweil nicht heiraten. Die Gläubiger sind von ihm restlos befriedigt worden; Felix selber legt dir keinerlei Zwang auf.«

Vera hatte ihren Vater ruhig aussprechen lassen. Sie wußte, wie sehr sie und ihr Vater schuldig waren. Rotweils Nervenschock und die nachfolgende Lähmung waren auf ihre Flucht zurückzuführen. So entschied sie sich – sie hatte sich schon längst entschieden. Schon in der Zeit, während sie Felix gepflegt hatte, als er wieder reden konnte, schon damals hatte sie ihm versprochen, seine Frau zu werden.

Felix hatte versucht, sein bleiches, mageres Gesicht zu einem dankbaren Lächeln zu verziehen. Zaghaft hatten seine Hände die ihren gesucht. »Ich will alles wieder gutmachen.«

Über Felix von Rotweil war die Welt zusammengestürzt. Jetzt, da er sich als Wrack wiederfand, war ihm die Erkenntnis gekommen, wie klein und armselig ein Menschenleben war.

Auch die Ärzte hatten sich mit Vera über den Zustand ihres zukünftigen Gatten ausgesprochen. »Ihr Gatte wird Ihnen zeitlebens nur ein Kamerad sein.«

Wortlos hatte Vera zugehört.

Professor Schwertsieder war der Meinung, die junge Braut habe den Sinn seiner Rede nicht verstanden; er erklärte in seinen weiteren Ausführungen die Situation deutlicher. »Sie werden keine Kinderfreuden zu erwarten haben; Ihr zukünftiger Mann ist sehr krank, gnädiges Fräulein.«

Hysterisch, lauter als sonst, hatte Vera geantwortet: »Ja, ja, ja, ich weiß! Ich weiß alles! Ich werde meinem Mann eine Krankenschwester sein, nicht mehr!«

Professor Schwertsieder war über Veras Ausbruch nicht beleidigt gewesen; er mußte noch viel mehr sagen: »Gnädiges Fräulein, Sie verlängern das Leben Ihres Bräutigams. Nur die Aussicht, an Ihrer Seite leben zu dürfen, hält Herrn von Rotweil überhaupt am Leben.«

Nun wußte Vera alles. Von dieser Stunde an war sie für immer an Felix gebunden. Auch ihr Leben durfte sie nicht wegwerfen, Felix würde das Gleiche tun.

Vera und Felix waren nun Mann und Frau, ein Paar. Bis zum Tode gehörten sie zusammen. Während der alte Domherr im schlichten geistlichen Gewand die vorgeschriebene Trauungsformel sprach, erinnerte Vera sich an die Trauung mit Peter, die sie als Komödie durchgeführt hatten. Peter, ein gesunder, fröhlicher, von ihr geliebter Mann, hatte sie an der Hand gehalten. Hier war Felix, ein Kranker, der von ihrem Mitleid zehrte. Demütig küßte er das Kreuz auf der gestickten Brokatstola, die ihm der Priester zum Kusse reichte.

»Amen«, leierte der Mesner und hielt die goldenen Ringe auf dem kleinen silbernen Tablett.

Vera zitterte am ganzen Körper; sie war nicht imstande, ihrem Gatten den Goldreif an den Finger zu stecken. Leise klirrend fiel der Ring auf den Steinboden. Ein Ministrant lief dem davonrollenden Reifen nach.

Felix küßte Vera die Hand. »Ich danke dir!«

Keine Glocken läuteten, keine goldenen Schüsseln voller Delikatessen, keine Pokale voll edelsten Weins wurden kredenzt, wie es gedacht gewesen war. Es war eine stille Trauung. Freiherr von Ehrenfels spürte die Kälte und Traurigkeit, die über dieser Hochzeit lag. Er wünschte Vera und Felix alles Gute und Schöne für ihr weiteres Leben und sprach sonst kaum ein Wort. Dann schüttelte er beiden die Hände und empfahl sich. Er fühlte sich mit Recht überflüssig.

Alois, voll Demut und Liebe zu seinem Herrn, hielt seine rauhen Arbeitshände vor die Augen, um die Tränen zu verbergen.

Bis tief in die Nacht hinein brannten in der Villa Rotweil die Kerzen in den hohen Leuchtern. Unbeschreibliche Angst fühlte Vera in sich aufsteigen. In allen Zimmern ließ sie Kerzen anzünden; alles mußte beleuchtet sein.

Graf Degenwart verabschiedete sich bald von seinem Schwiegersohn. Er glaubte, Felix etwas Tröstliches sagen zu müssen. »Na, mein Sohn, nun ist ja alles so geworden, wie wir es wollten. Ich wußte ja, daß Vera ein gutes Kind ist.«

Rotweil versuchte, ein glückliches Gesicht zu zeigen; er hielt Degenwarts Hand und sah ihn fragend an. »Wird Vera bei mir bleiben?«

Überzeugt antwortete Degenwart: »Meine Tochter hält, was sie dir versprochen hat. Aber eine Bitte habe ich: Sei ihr ein gnädiger, ein nachsichtiger Gatte. Du und ich, wir haben an Vera viel gutzumachen.«

Umsichtig hatte Vera am Hochzeitsabend der Pflegeschwester geholfen, ihrem Gatten jede nur denkbare Erleichterung zu verschaffen. Scherzend legte sie die Karten zu einer Patience und rief erleichtert: »Sie ist aufgegangen. Hast du dir etwas gedacht?«

Felix fragte zurück: »Hast du dir etwas gedacht?«

Vera verneinte stumm. Dieses Verneinen war eine Lüge. Vera hatte an den Geliebten gedacht. Heute stand eine lange

Verlustliste in allen Wiener Zeitungen. In fettgedruckten Überschriften stand zu lesen, daß die siegreiche österreichische Armee beim Durchbruch an der Ostfront große Verluste erlitten habe.

Vera dachte an Peter. War er verwundet? Gefallen? Sie fragte ihren Mann: »Soll ich dir aus einem Buch vorlesen?«

»Bitte, ja«, sagte Felix.

Am Himmel standen schon längst die Sterne. Vera saß beim Schein eines fünfarmigen Kerzenleuchters und las »Mozarts Reise nach Prag« von Mörike. Die kleine Uhr auf der Bronzekommode schlug dreimal; es war dreiviertel zehn Uhr abends.

Professor Schwertsieder hatte strenge Einhaltung seiner Vorschriften befohlen. Felix von Rotweil wurde zu Bett gebracht.

Ein rosa ausgekacheltes Badezimmer trennte die Schlafzimmer der Ehegatten. Vera konnte in dieser Nacht nicht schlafen. Lange saß sie angezogen an ihrem Schreibtisch. Sie wollte hundert Briefe an den Geliebten schreiben, mit tausend und mehr Worten wollte sie ihre Tat entschuldigen. »Unsere Liebe kann nicht vom Glück beschirmt sein, wenn der Schatten eines Menschenlebens uns begleitet!« Viele andere Sätze formulierte sie in Gedanken. Aber sie schrieb kein Geständnis. Im Schein der flackernden Kerzen sah sie an der Wand den Schatten des Geliebten. Laut, als ob der Schatten ihre Worte verstünde, sagte sie: »Peter, du mußt meine Lage verstehen. Felix hat meinem Vater das Leben gerettet! Jawohl, das Leben gerettet! Mein Vater hätte sich erschießen müssen, wenn Felix die von ihm gefälschten Wechsel nicht eingelöst hätte. Ich habe diese verfluchten Papiere selber verbrannt. Du weißt, mein Vater hat verabscheuungswürdig gehandelt. Hättest du aber deinen Vater in dieser Not im Stich gelassen? Bestimmt nicht. Ich weiß um deine Liebe zu deinen toten Eltern. Außerdem vergißt du, Peter, daß ich durch meine Flucht zu dir Felix bald getötet hätte. Ein Leben lang muß er jetzt ein kranker Mensch sein. Ich bin schuld. Ich allein. Ich muß dafür sühnen und bei Felix bleiben. Verstehst du meinen Entschluß jetzt?«

Die Kerzen verlöschten einzeln, Peters Schatten verschwand. Die letzte Kerze warf ihr spärliches Licht auf den Boden. Vera wußte, daß sie den ihr vorgeschriebenen Weg gehen mußte. Ihr Weg würde dornenvoll sein. Sie durfte aber nicht einseitig ihre Gnade verschenken. Ihrem Mann bedeutete sie das Leben. Aber auch ihr Geliebter brauchte sie. In dieser Stunde marschierte er gegen den Feind. Er glaubte an ihre Liebe. Warum sollte sie ihm Leid antun? Er, der ihr nur Glück und Liebe geschenkt hatte, er sollte leiden? Ihr Geständnis würde ihm den Glauben an das Leben nehmen.

In dieser Nacht schrieb Vera den ersten Liebesbrief an den Leutnant Peter Rainer. Sie schrieb von ihrer Sehnsucht und Liebe. Am Schluß des Briefes stand: »Ich liebe Dich!« Als Absender gab sie an: »Vera Degenwart-Wiesendeut« und die Adresse ihres väterlichen Hauses.

Wenige Tage später schrieb Vera abermals: »Ich lebe von den Stunden, die wir beide glücklich verbringen durften. Meine Gedanken sind ewig bei Dir. Geliebter, ich liebe Dich!«

Und Peter schrieb zurück: »Geliebte, ich will den Krieg allein beenden und Dir den Sieg zu Füßen legen. Ich liebe Dich! Ich finde keine Ruhe, ehe Du nicht meine Frau bist. Ich habe mich in der Regimentskanzlei erkundigt, wir können zu jeder Stunde heiraten. Es kann sogar eine Ferntrauung vollzogen werden. Ich bitte Dich, schreib mir, ob Du damit einverstanden bist.«

Graf Degenwart kam täglich, um sich nach dem Gesundheitszustand seines Schwiegersohnes zu erkundigen.

Vera erfüllte still ihre Pflicht. Sie las ihrem Gatten aus Büchern und Zeitungen vor und spielte auf dem Flügel Lieder von Schubert, Hugo Wolf, Grieg. Sie tat alles, um Rotweils Leben erträglich zu gestalten.

Plötzlich, ohne Übergang, wurde es Winter. Die Wolken hingen voll Schnee und warteten nur auf den hohen Wind, um ihn zur Erde fallen zu lassen.

Jeden Tag fuhr Vera mit der Straßenbahn zum Palais ihres Vaters. Dort war es sehr still geworden. Das Personal war bis auf zwei Leute entlassen. Der Stall war verödet, da die Pferde der Armee hatten abgeliefert werden müssen. Seit drei Wochen hatte Vera keine Post von Peter bekommen. Auch heute war kein Brief von ihm da.

Onkel Guido, mit dem sie telefonierte, tröstete sie: »Aber Kinderl, Feldpostbriefe dauern halt länger. Vielleicht hat er seinen Standort gewechselt.«

»Sicher«, sagte Vera tonlos, dann bat sie spontan: »Onkel Guido, ich muß dich sprechen!«

Onkel Guido war auch gleich bereit. »Ich komme in die Stadt.«

Im Café Attaché saßen Onkel Guido und Vera dicht nebeneinander. Zuerst sprachen sie kein Wort. Vera spielte nervös mit ihren Fingern. Endlich brach sie das Schweigen. »Weißt du alles?«

»Ja, ich weiß alles!«

»Soll ich Peter die Wahrheit schreiben?«

»Nein, du mußt die Lüge aufrecht erhalten.«

»Ich kann es nicht, Onkel Guido!«

»Du mußt, Vera!«

Das Telegramm hatte Graf Degenwart persönlich entgegengenommen. »Vera Degenwart-Wiesendeut« buchstabierte er. Sollte er die Depesche öffnen? Wer konnte Vera ein Telegramm schicken? Unruhig ging der Graf im Zimmer auf und ab. Sollte er das Telegramm vernichten? Konnte das Telegramm von Leutnant Rainer sein?

Das Telegramm in der Tasche verließ Graf Degenwart das Palais. Er fuhr, wie täglich, zu Vera und Felix. Ungeöffnet gab er die Depesche seinem Schwiegersohn. »Öffne du sie!«

Felix hielt das Telegramm zwischen seinen blassen Fingern. »Nein, Vater, wir wollen nicht Schicksal spielen!«

Vera kam und bat zu Tisch. Fürsorglich fuhr sie den Rollstuhl in das Speisezimmer. Jede Bitte erfüllte sie ihrem kranken Mann. Besorgt fragte sie: »Hast du Fieber gehabt, Felix?«

»Nein!« entgegnete er. Nach einer kurzen Pause – die Speisen standen schon auf dem Tisch – sagte er vollkommen ruhig: »Für dich ist ein Telegramm gekommen, Vera.«

»Für mich!?«

»Ja, für dich. Hier ist es.«

Vera starrte auf den verschlossenen Umschlag, in dem das Telegramm steckte. Ihr war zumute, als müßte ihr Herz zu schlagen aufhören. »Bitte, mach das Telegramm auf!«

Ruhig, gütig erwiderte Felix. »Es ist an dich adressiert!«

»Trotzdem bitte ich dich, mach das Telegramm auf!«

Felix öffnete den Umschlag und las laut: »Leutnant Peter Rainer schwer verwundet. Lungenschuß Lazarett Nordost Lemberg stop Bitte kommen stop. Wenzel Oberstabsarzt.«

»Ich muß zu ihm!« Erschrocken sah Vera ihren Gatten an.

Felix faßte ihre Hand. »Ja, du mußt zu ihm. Ich warte auf dich.«

Dann saßen sich die Ehegatten wortlos gegenüber.

Felix glaubte, daß Peter sterben werde. Er dachte, Vera werde zu ihrem schwerverwundeten Geliebten fahren. Er, der Gatte, würde warten, warten, bis seine Frau für immer zu ihm zurückkommen würde. Dann sollte ein neues Leben beginnen.

Diese Nacht nahm kein Ende.

»Peter!« stöhnte Vera und weinte in ihre heißen Kissen. In dieser Nacht waren die Wolken zerflossen. In dicken Flocken fiel der Schnee zur Erde. Weißer Winter war über die Stadt gekommen. Am Morgen hatte der Schnee Straßen und Plätze verzaubert. Weißsilberne Flocken lagen fußhoch zur Freude der einen und zur Plage der anderen.

An den Straßenecken schimpften die Taxichauffeure. Sie konnten nicht von ihren Standplätzen wegfahren, die Räder drehten sich auf der Stelle.

Vera hatte für die Sorgen der Chauffeure kein Verständnis. In tiefen Zügen schöpfte sie ihre Lungen voll kalter Luft. Ihr Körper brauchte dieses Luftbad. Sie hatte in der Nacht keinen Schlaf gefunden.

Im Reisebüro verlangte sie eine Fahrkarte zweiter Klasse nach Lemberg und zurück mit Schlafwagenbenützung. Es war nicht leicht, ein freies Bett zu bekommen. Der Zug war voll besetzt. Erst als der Beamte das Telegramm las, stellte er ein Abteil, das für Kuriere reserviert war, zur Verfügung.

Im Generalkommando wurde Vera erklärt, daß Lemberg in der Kriegszone liege. »Ist der Verwundete mit Ihnen verwandt?« wurde sie gefragt.

»Ja«, entgegnete sie.

Bevor sich Vera auf die Reise begab, durchwanderte sie noch einmal ihr kleines Reich und prüfte die Vorräte in Küche und Keller.

Katharina, die Köchin, tat so, als wäre sie mit Vera schon befreundet; zu Alois, dem schweigsamen Getreuen, sagte sie: »Zerstreut ist heut unsere Gnädigste. Hat's vielleicht einen Krach gegeben? Wegen dem Telegramm gestern? Es hat geheißen, daß es von einem Verwandten ist, der in Lemberg im Spital liegt. Na ja, mir kann's recht sein!«

Katharina ging wieder in die Küche. Dort war sie Herrscherin. Blankgescheuert hingen Töpfe und Pfannen in Reih und Glied. Auf dem Herd sprudelte Suppe, und in der Pfanne lag Gemüse mit goldbraunen Bröseln bestreut. Alles war zum baldigen Essen bereit. Im Bratrohr prasselte Fleisch. Mit einer zweizinkigen Gabel stach Katharina in den Braten, um zu probieren, ob er schon fertig sei.

Katharina hatte die merkwürdige Gewohnheit, ihre Gedanken laut auszusprechen. »Einen verwundeten Soldaten haben die Herrschaften in der Familie?« Dabei fiel ihr ein, daß auch ihr Mann verwundet sein könnte. »Mein Gott, vielleicht ist der Maxl auch schon verwundet!« Heiße Tränen rannen über ihre roten Wangen; in Gedanken sah sie ihren Maxl am Kopf, am Arm, am Fuß verwundet in einem Lazarett liegen. »Der arme Maxl«, jammerte sie, »und ich bin nicht bei ihm!«

Vera kam in die Küche, um zu fragen, ob das Essen schon fertig sei; sie fragte Katharina nach ihrem Schmerz.

»Wegen dem Maxl«, heulte Katharina.

»Ja, ist denn Ihr Mann an der Front?«

»Nein, im Hengstendepot in Piber ist er.«

»Was? In der Steiermark? Aber, Katharina, da brauchen Sie doch nicht zu weinen, dort kommt keine Kugel und keine Granate hin!«

»Glauben Sie, gnä' Frau?«

»Das glaube ich nicht nur, das weiß ich!«

»Na, dann brauche ich ja nicht zu heulen. Aber der Maxl hat schon seit drei Tagen nicht geschrieben. Wer weiß, wo der sich herumtreibt! Sind in der Steiermark schöne Mädeln?«

»Das weiß ich nicht, Katharina!«

»Na, wart nur, am Sonntag werd' ich dich einmal überraschen! Nicht wahr, Frau Baronin, Sie haben nichts dagegen, wenn ich am Sonntag auf einen Tag nach Piber gehe?«

»Selbstverständlich können Sie fahren!« So traurig Vera war, sie mußte lächeln.

An verschneiten Wintertagen wird es überaus rasch dunkel. Vera stand reisefertig vor ihrem Mann, um sich zu verabschieden.

Felix lehnte in seinem Stuhl; nichts an ihm verriet, daß er in Sorge oder Aufregung war. »Ich warte auf dich!« sagte er.

Vera schloß die Augen. Sie kämpfte um einen schweren Entschluß. Dann sagte sie, und ihre Worte klangen glasklar: »Ich komme zurück!«

»Wirst du dann bei mir bleiben?«

»Ja!«

Felix küßte Veras Hände. »Ich habe viel gutzumachen.«

Vera weinte ohne Tränen. »Du mußt mit mir viel Geduld haben, Felix.«

Felix fand keine Worte.

Völlig verschneit lag der Nordbahnhof da. Überall von den Schienen und Rädern zischte heißer Dampf empor. Die Lokomotive war mit Eis und Schnee überzogen. Ein Handgriff an dem Schalthebel, und die Maschine würde davonrasen.

Vera gab dem Schlafwagenschaffner ihren Namen an.

»Sie haben Glück, gnädige Frau, Sie schlafen allein im Abteil.« Diensteifrig ließ er Veras Gepäck ins Abteil schaffen.

Der Zug fuhr direkt nach Lemberg. Eine lange Kette von Wagen hing an der Riesenlokomotive. Mit lautem Gezisch und Dampf brauste der Zug aus der Halle.

Felix saß vor seinem Schreibtisch. Die Kerzen bestrahlten das vor ihm liegende Papier. Er schrieb zugunsten seiner Frau seinen letzten Willen nieder.

Mit dem Gefühl, das Richtige getan zu haben, legte er die Feder aus der Hand.

»Ich komme zurück!« Diese drei Worte klangen bis zum grauen Morgen in Felix' Ohr.

Vera schlief nicht. Auf dem schmalen Bett lag sie und lauschte dem Getöse der rollenden Räder. Ihre Gedanken eilten von Felix zu Peter und suchten einen Weg aus dieser furchtbaren Zerrissenheit. »Herr über uns, wenn du Menschen helfen kannst, dann hilf mir! Hilf mir! Ich habe doch ein Recht auf Liebe! Jeder Mensch hat ein Recht auf Liebe!«

Sie hörte eine innere Stimme: »Warum bist du unzufrieden? Du fährst zu deinem Geliebten!«

»Mein Mann wartet auf mich!«

»Du fährst zu deinem Mann zurück.«

»Ich will nur einem Mann gehören.«

»Wem willst du gehören?«

»Wer bist du, daß du mich so fragst?«

»Dein Gewissen. Antworte: Wem gehörst du?«

»Ich weiß es nicht!«

»Gehörst du deinem Mann?«

»Er wartet auf mich.«

»Gehörst du deinem Geliebten?«

»Er hat mich gerufen!«

»Du mußt deinen Weg bis ans Ende gehen.«

Vera drehte sich auf die andere Seite. Sie schloß die Augen und wünschte, für immer einschlafen zu können.

In der galizischen Hauptstadt lag der Schnee meterhoch. Hurtig wie Ameisen liefen die Menschen in den engen Gassen frierend hin und her.

Dem Landtagshaus gegenüber stand das Hotel Eremitage. Dorthin ließ Vera von einem Dienstmann, der am Bahnhof nach ankommenden Gästen Ausschau gehalten hatte, ihr

Gepäck bringen. Sie selbst bestieg ein Pferdefuhrwerk. Es war ein mit Stroh ausgelegter Schlitten.

»Fahren Sie mich zum Lazarett Nordost«, befahl sie dem Kutscher.

»Zum Lazarett Nordost«, wiederholte der Kutscher; umständlich nahm er den Pferden die Wolldecke vom Rücken. »In zehn Minuten sind wir dort. Wollen Sie einen Soldaten besuchen, oder sind Sie eine Krankenschwester vom Roten Kreuz?«

Vera antwortete nicht. Der Kutscher, der seit zwei Stunden am Bahnhof gestanden hatte und froh war, einen Fahrgast gefunden zu haben, fuhr los.

Vera schaute während der Fahrt nicht links und nicht rechts. Sie spürte den eiskalten Wind um die glühenden Wangen. Stundenlang hätte diese Fahrt dauern können. Vera hätte die Begegnung mit Peter nur zu gerne hinausgezögert. Eine ungeahnte Angst vor den nächsten Minuten erfaßte sie. Vor dem Lazarett angekommen, entlohnte sie den Kutscher und gab ihm ein großes Trinkgeld.

Scharfer Karbolgeruch schlug ihr entgegen, als sie die Tür zum Lazarett öffnete. Die rotbraunen Steine auf dem Boden, die gekachelten Wände, die Messingtürklinken, die weißgestärkten Häubchen der vorbeihuschenden Schwestern – alles war blitzsauber. Kein lautes Wort fiel. Geräuschlos rollte ein Operationswagen über den Korridor.

Vera entnahm ihrer Handtasche das Telegramm und wandte sich an den Unteroffizier vom Dienst. »Ich komme aus Wien. Bitte, führen Sie mich zu Herrn Leutnant Rainer!«

Der Unteroffizier, ein Mann von etwa vierzig Jahren, mit gesunden dicken Wangen, griff wichtigtuend nach dem Telegramm. »Sind Sie die Frau vom Herrn Leutnant?« fragte er.

»Nein«, antwortete Vera.

»Eine Verwandte vielleicht?«

»Nein!«

»Nein? Dann legitimieren Sie sich!«

Vera war verzagt. Was sollte sie dem Unteroffizier antworten? Sollte sie sagen, daß sie Rainers Geliebte, Base oder Tante war?

Vorschriftsmäßig prüfte der Unteroffizier das Telegramm. Dabei las er laut den Text. Die umherstehenden Krankenschwestern und Soldaten hörten mit.

»Vera Degenwart-Wiesendeut ... Sie sind das?«

»Ja!«

Ein Soldat kam zu der Gruppe und nahm Haltung an. Er meldete dem Unteroffizier, daß er sofort zum Assistenzarzt ins Nebenzimmer kommen solle.

Der Assistenzarzt sagte leutselig zu dem Unteroffizier: »Brüggler, Sie verursachen einen richtigen Auflauf. Überzeugen Sie sich selber!«

Der Unteroffizier blickte durch ein kleines Fenster auf den Korridor. Vera stand von Neugierigen umgeben da.

»Wer ist diese Dame?«

Der Unteroffizier überreichte das Telegramm.

»Das ist doch die Braut vom Leutnant Rainer!«

»Zu Befehl, Herr Unterarzt.«

»Führen Sie die Dame sofort zum Herrn Oberstabsarzt, aber schnell!«

Der Unteroffizier schlug die Hacken zusammen und machte eine Kehrtwendung; draußen auf dem Korridor bat er Vera: »Würden Sie mir folgen?«

Über Treppen und Gänge ging es, bis sie zum Zimmer des Oberstabsarztes Dr. Wenzel kamen.

Gütig waren die Augen, vertrauenerweckend war das Äußere des Oberstabsarztes. »Sie kommen aus Wien!« sagte er. »Ich freue mich, eine Landsmännin zu begrüßen.«

Vera schöpfte Hoffnung. Dieser Mann würde ihr helfen. Sie würde ihm alles erzählen und seinen Rat erbitten. »Kann ich Peter sehen?« fragte sie.

»Ja, aber Sie müssen mir eines ernstlich versprechen. Der Patient darf kein Wort reden! Bitte, setzen Sie sich!«

Dr. Wenzel half Vera aus dem Mantel und wies auf einen Stuhl neben dem Schreibtisch. »Wie war die Reise?«

»Danke. Wir hatten Verspätung.«

»Die Züge haben alle Verspätung. Truppenverschiebungen.

Man wechselt die Truppen aus. Neue kommen, alte gehen.«

»Kann ich Leutnant Rainer sehen?« fragte Vera wieder.

»Geduld, gnädiges Fräulein, Geduld! Sie werden Ihren Herrn Bräutigam bald sehen!«

Bräutigam! dachte Vera. Bräutigam!

»Gnädiges Fräulein, Sie müssen mich anhören. Leutnant Rainer hat mir vorgestern abend, bevor ich die Operation vornahm, alles erzählt. Erst mein Versprechen, Ihnen ein Telegramm zu schicken, konnte ihn beruhigen. Es war eine schwierige Operation. Ein komplizierter Steckschuß in der oberen Lungenhälfte.«

»Und wie geht es ihm?«

»Meine Antwort als Arzt ist, und ich bin froh, daß ich Ihnen diese Antwort geben kann: Er lebt! Nach jeder großen Operation kann man in den ersten Tagen keine andere Auskunft geben. Wir Ärzte dürfen nur operieren. Heilen aber, richtig gesunden, das muß die Konstitution des Patienten. Der Herr Leutnant hat derzeit stark erhöhte Temperatur. Es liegt vorläufig kein Grund vor, sich mehr als notwendig über den Gesundheitszustand des Patienten aufzuregen. Aber für den Patienten ist die geringste Aufregung lebensgefährlich! Während meiner Tätigkeit als Primarius eines großen Krankenhauses in Wien bin ich zu der Überzeugung gelangt, daß sich der Zustand jedes Patienten nach einem Besuch von außen verschlimmert. Wenn es nach mir ginge, würde ich jeden Krankenbesuch verbieten. Schon die Freude über den Besuch erhöht die Temperatur. Der Patient wird rückfällig, bekommt Fieber. Und wenn's schlecht ausgeht, ist der Arzt schuld. Ich bitte Sie also, dem Patienten jede Aufregung zu ersparen. Vergessen Sie nicht: Er ist schwerkrank. Ich gestehe, er ist dem Tod näher als dem Leben. Ich habe Sie hergebeten, weil wir mit allen Möglichkeiten rechnen müssen. Es ist gut, daß Sie gekommen sind.« Dr. Wenzel stand auf. »Auch meine Frau wird sich über den Besuch einer Landsmännin freuen. Wir wohnen im Hotel Central. Aber ich habe Sie nun genügend aufgehalten. Ich sehe es Ihren Augen an, daß Sie zu dem Patienten wollen. Bitte, ich werde Sie hinführen.«

Wieder ging es über hohe luftige Gänge.

Dr. Wenzel zeigte durch die hellen Fenster. »Dort drüben sind die Marschstraßen in die Stellungen. Sehen Sie dort die lange Kolonne?«

Vera schaute angestrengt in die weiße Ebene; eine unendlich lange Schlange Autos fuhr gegen Osten.

Um die Ecke des Korridors kamen zwei Soldaten. Sie gingen auf Krücken. Vera hörte, wie einer, auf eine Tür weisend, sagte: »Der Leutnant da drinnen wird's nimmer lang machen. Immer wenn sie einen einzeln legen, ist es ein Todeskandidat. Tut mir leid um den Leutnant Rainer, war ein feiner Kerl.«

Betroffen schaute Dr. Wenzel auf Vera. »Das war selbstverständlich dummes Gerede. Ich habe Rainer gesondert gelegt, weil er sich kriegstrauen lassen will.« Er öffnete die Tür zu dem Einzelzimmer und ließ Vera vorausgehen.

Im weißen Stahlrohrbett lag Peter. Er war kaum zu erkennen. Die Wangen waren eingefallen, das Haar fiel in die Stirn, und die Bartstoppeln reichten bis an seine Lippen. Seine Augen waren geschlossen. Auf der Decke lagen die Hände, als gehörten sie nicht zum Körper. Im Zimmer stand ein grüngestrichener Schrank, ein Tisch mit zwei Stühlen und ein Nachtkästchen.

»Peter!«

Dr. Wenzel hielt Vera zurück. »Ruhig! Der Patient darf sich nicht bewegen. Vergessen Sie nicht, daß sein Körper wund ist. Jede Erschütterung kann einen Bluterguß zur Folge haben. Der Patient schläft nicht, er ist nur kraftlos.«

Vera ging auf Zehenspitzen an das Krankenbett. Dort kniete sie nieder. Zart küßte sie Peters Hand.

Der Arzt trat an das Bett. »Herr Leutnant, Sie haben Besuch bekommen. Ihre Braut!«

Peter hauchte: »Vera?«

»Ja. Nicht sprechen!« Dr. Wenzel drohte mit dem Finger. »Sie dürfen kein Wort sprechen, Kamerad!«

Aber Peter wollte sprechen; es wurde nur ein Krächzen: »Schnell heiraten!«

»Ja, ja«, beruhigte ihn der Oberarzt, »selbstverständlich wird sofort geheiratet.«

»Ich sterbe ... heiraten ...«

»Also gut, morgen oder übermorgen!«

Vera hielt die fiebernde Hand des Geliebten. »Wir heiraten, Peter!«

Ein glückliches Lächeln überstrahlte sein Gesicht; regungslos blieb er liegen.

Der Oberstabsarzt stellte einen Stuhl an das Bett. »Bitte, bleiben Sie ruhig bei ihm sitzen. Aber sprechen Sie nichts. Er schläft jetzt. Mich müssen Sie entschuldigen. Auf mich warten Patienten. Und vergessen Sie nicht ... meine Frau wird sich freuen ... Hotel Central! Es ist nicht weit vom Bahnhof.«

Viele Stunden später saß Vera immer noch unbeweglich an Peters Krankenbett. Schmerz las sie aus seinen Augen. Was war ihr Leben gegen seines? Peter war einen viel grausameren Weg gegangen. Peter mußte weiterleben.

Ein junger Arzt bat Vera, sie möge sich doch Ruhe gönnen. Er fahre mit dem Dienstwagen in die Stadt und sei gern bereit, sie mitzunehmen.

»Vielen Dank, Herr Doktor, ich bleibe noch!«

Später ging Vera zu Fuß in die Stadt. Der kalte Schneewind blies ihr ins Gesicht. Sie spürte ihn kaum. Durch viele Straßen mußte sie gehen.

Am nächsten Morgen fand die Trauung statt. Dr. Wenzel und Oberleutnant der Reserve Joachim Siebert, im Zivilberuf Versicherungsdirektor, waren die Trauzeugen. Der Standesbeamte verzichtete auf große Formalitäten. Dr. Wenzel hatte ihn darauf aufmerksam gemacht, daß die Trauung binnen fünf Minuten vollzogen sein mußte. Vera nannte ihren Vor- und Nachnamen – Vera Degenwart –, als Stand gab sie »privat« an.

Von dieser Stunde an genas Peter zusehends. Am vierten Tag konnte Dr. Wenzel Vera mitteilen, daß der Patient völlig gesund werde. Die Krisis sei überstanden. Nun mußte Peter das Seine tun, um bald für den Heimaturlaub transportfähig zu sein.

Glücklich bat Peter: »Vera, in Wien wird bald Frühling sein. Du mußt für uns beide eine Wohnung suchen.« Er drängte auf

Veras Rückfahrt. »Du mußt nach Wien fahren. Ich schenke dir den schönsten Frühling. Ich bin nicht traurig, weil du wegfährst. Bald bin ich für immer bei dir. Vergiß nicht, Onkel Guido und Onkel Alfons zu grüßen. Dir, liebe Vera, gebe ich drei Worte mit auf den Weg: Ich liebe dich!«

Vera verabschiedete sich von Peter, Dr. Wenzel, dessen Gattin und von allen neuen Bekannten herzlich. Im Hotel war nicht viel zu packen. Die Rechnung war schnell bezahlt. Die Karte für den Nachtschnellzug hatte sie schon, nur der Schlafwagen war noch zu bestellen.

Vera fuhr nach Wien zurück. Wieder ratterten die Räder durch die Nacht. Vera hatte sich noch zu keinem Entschluß durchringen können. Niemand half ihr. Niemand kannte ihr gequältes Herz. Die Räder ratterten und riefen: Bigamie, Bigamie, Bigamie. Angeklagt wirst du wegen Bigamie, Bigamie, Bigamie.

Vera wollte das Fenster öffnen, doch es gelang ihr nicht. Sie war völlig kraftlos. Der Schlafwagenschaffner kam nicht. Er half seinem Kollegen im nächsten Wagen die Betten zurechtmachen.

Vera trat aus ihrem Abteil. Luft, Luft brauchte sie. Sie lief den schmalen Gang entlang. An der Tür drückte sie die Klinke nieder. Der Schneesturm brauste herein, verfing sich in der Tür und riß sie weit auf.

»Luft, Luft, Luft!«

»Tür zumachen!« schrie der Schlafwagenschaffner.

Vera hörte ihn nicht. Der Schneesturm brüllte. Nur das Rattern der Räder hörte sie: Bigamie, Bigamie, Bigamie ...

Der Schaffner stieß sie beiseite und schloß die Tür.

Weiter raste der Zug durch die Finsternis. Bremsen heulten auf. Der Schlafwagenschaffner führte Vera, die einer Ohnmacht nahe gegen die Wand gefallen war, in ihr Abteil zurück.

Unaufhörlich ratterten die Räder.

»Prosit Neujahr!«

Traurig klangen die Kirchenglocken bei diesem Jahreswechsel. Überall, in den Schützengräben, Kasernen, Lazaretten,

Rekonvaleszentenheimen, beim Vorwärtsstürmen gegen den Feind, bei der Wachablösung, im Unterstand, hoch oben im Gebirge, eingegraben in den Dünen, in Wohnhäusern, Villen und Palästen, begrüßte man sich mit »Prosit Neujahr!«.

Die Wiener Bevölkerung feierte diesen Jahreswechsel mit gemischten Gefühlen. Mutter, Vater, Frau, alle dachten an ihre Männer und Söhne, die als Soldaten an der Front standen. Der überschwengliche Patriotismus war verflogen. Alle ernsthaften Menschen in der Monarchie wußten, daß dieser Krieg unvorbereitet begonnen worden war. Auf vielen Gesichtern lag Ernüchterung und Enttäuschung. Die Militärs konnten von schlechten Heereslieferungen erzählen, der Feind jedoch verfügte über die modernsten Kriegsausrüstungen. Spione lebten in den eigenen Reihen. Die Tschechen wollten selbständig werden; die Polen, die Ruthenen und die vielen anderen fremdsprachigen Angehörigen der Monarchie hatten den gleichen Wunsch. Um das Wohl des Vaterlandes waren einzig und allein die deutschen Österreicher besorgt. Nur sie hielten ehrliche Wache an den Grenzen, standen verbissen, beseelt von Siegeswillen im Feindesland. Sie wußten nicht, daß sie auf verlorenem Posten kämpften. Der Kaiser war alt und dachte nur an die Rettung seiner Dynastie. Er dachte nicht an die Deutschen seines Reiches.

Der Thronfolger, der nie auf sein schweres Amt vorbereitet worden war, stand hilflos und schlecht beraten im Hintergrund. Er residierte, von Höflingen umgeben, am Fuße der Rax, des Wiener Hausberges, in Payerbach. Vom deutschen Volke wußte er nichts. Seine Gattin, ehrgeizig und kühl, half ihm nicht, die Not seines Volkes zu verstehen. Sein Oheim, der alte Kaiser, war ein großer Herr – er, der künftige Kaiser, war es nicht.

Am Nord- und Ostbahnhof, nicht weit vom Stadtzentrum, kamen Personen- und Verwundetenzüge aus dem Osten an. Aus den Bahnhofsgastzimmern, durch die verschneiten gefrorenen Fenster, blitzten kleine Lichter. Alle diese Aufenthaltsräume waren mit ankommenden und abreisenden Soldaten, Offizieren und Zivilisten überfüllt. Im Warteraum dritter

Klasse lagerten mit Hab und Gut Frauen und Kinder, die aus den Kriegsgebieten hatten flüchten müssen. Polnische Juden mit ihren Familien warteten auf den anbrechenden Tag, um in der Haupt- und Residenzstadt ihre Zelte aufzuschlagen. Lärmende Kinder, die nicht schlafen wollten, stolperten über müde, am Boden liegende, schnarchende Männer und Frauen.

Soldaten nahmen Abschied von ihren Angehörigen. Ein älterer Unteroffizier hielt die Hand seiner Frau und sagte wie zu einem kleinen Kind: »Vergiß nicht, aufs Geschäft gut aufzupassen, und weine nicht. Brauchst ja keine Angst um mich zu haben, mir geschieht nichts. Ich gehe zwischen den Kugeln durch, mich erwischt keine. Hör zu weinen auf. Schau in den Spiegel, 's ist doch schad' um deine schönen Augen!«

Die junge Frau lächelte unter Tränen und legte ihren Kopf an seine Brust. »Du hast immer ein gutes Wort für mich gehabt, weil du ein guter Mann bist.«

Ein anderer Soldat beruhigte seine Frau: »Wenn mir was passieren sollt', nimm halt fürs Geschäft einen tüchtigen Meister, und die Buben schickst in die Maschinenbauschule nach Graz. Brauchst mir nicht dein ganzes Leben lang nachzutrauern. Kannst ruhig wieder einen braven Mann heiraten, die Buben brauchen eine starke Hand, damit sie anständig bleiben. Das Geschäft gibst halt später dem Toni und das Haus dem Leopold. Und zieh dich wärmer an, damit du mir gesund bleibst.« Damit knöpfte er ihren Mantel vorne zu.

Die Frau konnte nicht antworten. Sie nickte nur. Sie wollte nicht weinen, sie wollte standhaft bleiben.

Hunderte von Gesprächen konnte man auf dem Bahnhof belauschen. Nur einer sprach kein einziges Wort. Einsam, die Hände frierend in seinem Wintermantel vergraben, stand Guido Rainer, Peters Onkel, auf dem Bahnsteig. Seit zwei Stunden wartete er auf den Zug, der, von Lemberg kommend, Peter bringen sollte. Der Zug hatte schon zwei Stunden Verspätung.

Eine glimmende schwarze Virginia-Zigarre steckte zwischen Onkel Guidos Lippen. Hie und da nahm er einen Schluck Cognac aus einer schmalen Flasche, die er in der Rocktasche bei sich trug.

Keiner der Bahnangestellten wußte, wann der Zug aus Lemberg kommen würde. »Ja, mein lieber Herr, die Züge kommen jetzt sehr unregelmäßig. Gestern hat der Lemberger wegen Schneeverwehungen zehn Stunden Verspätung gehabt.«

Onkel Guido ging über die verschneiten Steinfliesen weiter auf und ab. Er hatte viel Zeit, um über alles, was ihn bewegte, nachzudenken.

Gestern nachmittag war Vera bei ihm in Sievering gewesen. Überraschend war sie gekommen. Er hatte ihr lange zuhören müssen. Er erfuhr von der Heirat im Lazarett zu Lemberg, erfuhr, daß sie ein Telegramm bekommen hatte, in dem Peter seine Ankunft ansagte. Vera hatte sich immer wieder angeklagt. Vera hatte gesagt: »Ich bin die Schuldige, ich bin an allem schuld.« Keine Träne war in ihren Augen gestanden. »Ich kann nicht mehr weinen. Mein Leben ist zerstört. Ich weiß nicht mehr weiter. Hilf mir!«

Onkel Guido hatte, ohne Vera zu unterbrechen, ihr Geständnis angehört. Alles, was sie sagte, hatte er ohne äußere Regung aufgenommen. Sein einziger Gedanke war: Wie würde es Peter aufnehmen?

Wenn der Zug einfuhr, würde Peter sicher nach Vera Ausschau halten. Er würde fragen: »Wo ist meine Frau?«

Onkel Guido, ängstlich und unsicher, wünschte seinen Bruder Alfons herbei. Warum war sein cholerischer, lustiger Bruder nicht hier? Zu zweit wäre es leichter gewesen, Peter alles zu erklären.

Ein alter Herr, am Arm einer in dicke Pelze eingehüllten Dame, trat an Onkel Guido heran und bat, an seiner Zigarre eine Zigarette anrauchen zu dürfen. Er fragte Onkel Guido: »Warten Sie auch auf den Lemberger Zug?«

Onkel Guido nickte.

Der alte Herr, erfreut, einen Wartekameraden gefunden zu haben, erzählte, daß er mit der Schwiegertochter auf seinen Sohn warte. Seit Kriegsbeginn hatte er ihn nicht mehr gesehen. Heute sollte er für acht Tage auf Urlaub kommen.

Die junge Frau sagte: »Nur acht Tage!« und schaute dabei

verschämt zu Boden.

»Ja, ja.« Der alte Herr strich seinen Knebelbart. »Die jungen Frauen wollen halt die Männer nicht hergeben. Aber es ist zu verstehen, die beiden waren eine Woche verheiratet, und dann hat mein Sohn an die Front gemußt. Nicht einmal die Flitterwochen haben sie zusammen verbringen können. Es war eine Kriegstrauung. Ja, die Jugend kann halt nicht warten. Wissen Sie, wie ich jung war, habe ich sechs Jahre warten müssen, bis ich meine Frau habe heiraten dürfen. Mein Schwiegervater hat immer gesagt, ich soll zuerst was Ordentliches werden und mich dann erst verheiraten. Er hat draußen in Erdberg eine kleine Greißlerei gehabt, die besteht heute aber nimmer. Gestatten, daß ich mich vorstelle: Alois Wimmerer, Kolonialwarengroßhändler ... Mein Sohn hat mich nicht viel gefragt, wie er geheiratet hat. Eines Tages hat er die Schwiegertochter ins Haus gebracht und gesagt: ›So, die wird geheiratet.‹ Dann ist der Krieg gekommen, und dann haben sie gleich geheiratet.« Ohne Übergang fragte der gesprächige alte Herr: »Warten Sie auch auf Ihren Sohn?«

Onkel Guido nahm die Zigarre aus dem Mund. »Nein.«

»Nein? Ja, auf wen warten Sie denn dann?« fragte der andere ganz enttäuscht.

»Auf meinen Neffen ...«

Ein langgezogener Pfiff durchschnitt die frostklare Nacht. Rote Lichter blitzten auf, Eisenbahner liefen mit kleinen Lampen in der Hand über die Geleise. Von weit her, kaum verständlich, hörte man die Stimme eines Bahnbeamten: »Zug von Lemberg, Richtung Graz, Laibach, fährt auf Gleis drei ein. Achtung, alles zurücktreten!«

Den geschwätzigen Alten mit seiner Schwiegertochter ließ Onkel Guido stehen und lief stolpernd über die Schienen auf Gleis drei zu.

Viele Leute, Männer, Frauen, Soldaten, Kinder, standen in Erwartung des kommenden Zuges auf dem Bahnsteig. Langsam fuhr der Zug ein. Die Lokomotive zischte, heißes Wasser rann von ihrem Eisenleib und zerstob dampfend im Schnee.

Aus den Wartesälen drängten Abfahrende, Neugierige, Wartende. Völlig vereist und verschneit waren die Wagen; an den Fenstern blühten Eisblumen.

Laut wurden Namen gerufen: »Rudi! Hans!«

Ein junger Offizier brüllte in die Bahnhofskanzlei: »Ordonnanz für General Bruckmann!«

Ein scharfes »Hier!« kam zurück.

Väter, Mütter und Frauen küßten ihre heimkehrenden Söhne und Männer.

»Na, Lintscherl«, fragte ein junger Gefreiter seine Braut. »Warst du immer treu? Laß dir in die Augen schauen!«

Glückselig und unter Tränen flüsterte sie: »Daß du nur wieder da bist!«

»Du bist hier?« Peter stand vor Onkel Guido, der sein Herankommen nicht bemerkt hatte. Peter war völlig genesen, die Oberleutnantssterne glitzerten am Spiegel seines Uniformkragens, die Auszeichnung prangte auffallend. »Wo ist Vera? Wo ist meine Frau? Ist sie krank?«

Onkel Guido stotterte erschrocken unverständliches Zeug. Er hängte sich in Peters Arm und sagte: »Komm, komm!«

Draußen vor dem Bahnhof stand der Kutscher Florian Bröckelberger und wehrte sich gegen die Reisenden, die an sein Fuhrwerk stürmten.

Immer wieder sagte er: »Was wollen S' denn, meine Herrschaften, ich bin ja nur ein Milchfahrer, ich hol' das Gepäck von Oberleutnant Rainer.« Laut rief er: »Herr Oberleutnant Rainer!«

Mit großen Schritten kam der Kutscher Bröckelberger Onkel Guido und Peter entgegen. Vor Peter pflanzte er sich trotz seines vorgeschrittenen Alters soldatisch auf. »Melde gehorsamst, Herr Oberleutnant, Landsturmmann Bröckelberger zur Stelle!«

Peter dankte lachend. Der alte Bröckelberger war ihm kein Unbekannter. Oft war Peter in seiner Jugend mit dem Milchkutscher Bröckelberger durch das Döblinger Villenviertel gefahren. Er hatte die Milchkannen tragen und die Zügel halten dürfen. Kräftig war der Handschlag, mit dem der junge Offizier den alten Landsturmmann begrüßte. »Danke, Bröckelberger, daß Sie mich abgeholt haben.« Ein kleiner Koffer und ein Rucksack waren Peters Gepäck.

Bröckelberger verstaute es im Milchwagen und machte den Vorschlag, daß Peter sich mit dem Onkel auf den Kutschbock setzen solle, unbeschadet werde er beide nach Hause fahren.

Peter warf einen Blick auf das magere Pferd und lehnte ab. »Danke, Bröckelberger.«

Bröckelberger verstand, warum Peter nicht mit ihm fahren wollte. Kaum verständlich brummte er vor sich hin: »Ja, ja, der Hantige ist ein bisserl mager geworden. Und die Gretl, die Vierjährige, haben sie mir vorgestern zum Militär geholt.«

Peter beruhigte Bröckelberger: »Nein, nein. Das ist nicht der Grund, warum ich nicht mitfahre. Ich bin jetzt dreißig Stunden in der Bahn gesessen. Da vertrete ich mir gerne ein bißchen die Beine!« Er wendete sich zu seinem Onkel. »Onkel Guido, du kannst ruhig fahren. Ich laufe ... meine Frau wird sicher zu Hause warten. Wie komm' ich denn am schnellsten ins Palais Degenwart? Warum ist meine Frau nicht gekommen?«

Onkel Guido fand keine Antwort.

Peter knöpfte seinen Mantel bis zum Hals hinauf zu. »Vera muß mein Telegramm doch bekommen haben, sonst könntest du doch nicht wissen, daß ich heute ankomme. Oder ist Vera krank?« fragte er plötzlich erschrocken. »So red doch, Onkel!« Ohne Absicht hatte er Onkel Guido fester am Arm gepackt.

»Beruhige dich, Peter, Vera ist gesund. Aber ...« Nach diesem Aber blieb Onkel Guido stehen und holte tief Atem. »Du mußt stark sein, Peter, du hast keine Frau. Vera ist mit Baron Rotweil verheiratet.«

»Erzähl keinen Unsinn!« Laut, unnatürlich laut, lachte Peter auf. »Onkel, du schläfst wohl noch! Vera ist meine und nicht Rotweils Frau. Ja, ja, mein Lieber, mit deinem liebwerten Neffen ist Vera verheiratet. Bist du jetzt munter?« Er lachte wieder laut auf.

Onkel Guido lachte nicht mit. »Peter!« schrie er in das laute Lachen Peters hinein. »Peter, du hast keine Frau!«

Ein Betrunkener, selig in seinem Zustand, torkelte an die

beiden heran. Leise sang er das Lied: »Mei' Muatterl war a Weanerin, drum hab' i Wean so gern!« Vor Peter blieb er stehen und versuchte militärische Haltung anzunehmen. »Hab' die Ehre, Herr Oberleutnant, hab' die Ehre. Erlaub'n!« Er schob seinen Hut aus der Stirn. »Ich bin ein Urlauber, entschuldigen schon, Herr Oberleutnant.« Zu Onkel Guido machte er eine Verbeugung. »Servus, Herr Hofrat, oder Minister, mir ist's egal, was du bist.« Dann zog er den Hut bis zur Erde. Unverständliches murmelnd, torkelte er weiter.

Peter starrte in die Nacht. Ohne Onkel Guido anzusehen, fragte er mit tonloser Stimme: »Was sagst du, Onkel Guido?« Seine Gesichtszüge waren starr.

»Die Wahrheit, Peter! Ich sage dir die Wahrheit! Komm!« Onkel Guido zog Peter in ein kleines Kaffeehaus, das in der Nähe der Markthalle stand und noch offen war.

Kutscher, Fleischhauerburschen, Gärtner, Marktfrauen, Arbeitsscheue und Zuhälter mit ihren Dirnen saßen und standen in dem kleinen Lokal herum. Scharfer Geruch schlechter und billiger Zigaretten schlug den Eintretenden entgegen. Ein Kellner, mit feistem Gesicht und Leib, einen Wollschal um den Hals, einen gestrickten Pullover am Körper, die Beine in karierten Hosen, an den Füßen Filzpantoffeln, stand hinter dem kleinen Büffet und musterte die Gäste. Dann und wann zog er seine schmierige Geldtasche und kassierte.

Mit einer Schachtel selbstgestopfter Zigaretten näherte er sich Peter. »Echter herzegowinischer Tabak, Herr Oberleutnant!« Dieser herzegowinische Tabak, den er anbot, stammte von Zigarren- und Zigarettenresten, die Bettler und Straßenkehrer sammelten und ihm ablieferten. »Was belieben der Herr Offizier?« Überaus devot verbeugte er sich und musterte dabei Onkel Guido, dem er zuflüsterte: »Haben der Herr Baron was zu verkaufen? Ich zahle für Gold und Brillanten die höchsten Preise.«

Einige männliche Gäste verließen, als Peter eintrat, das Lokal schnell durch die Hintertür. Die Nichtstuer und Militärflüchtlinge fürchteten eine Razzia. In diesem Lokal, das für Militärpersonen verboten war, waren solche Überraschungen möglich.

Eine ältere, aufgetakelte und geschminkte Frau mit unschönem, verlebtem Gesicht und schlampigem Aussehen versuchte sich mit plumpen Worten Peter anzubieten. »Na, schöner Krieger, hast kein Herz für ein armes Mädel?«

Peter warf die Zigarette zu Boden und trat sie aus; ohne die Frau anzusehen, sagte er laut: »Lassen Sie mich allein, bitte!«

Das Frauenzimmer verzog das Gesicht; sie zählte aber nicht zu jenen, die schnell beleidigt waren. »Bitte, bitte, ich steh' ja auf einen einzelnen Herrn nicht an. Servus!« Sie rauschte hinaus.

Peter zündete sich eine neue Zigarette an. »Onkel, warum spannst du mich auf die Folter? Was ist los mit Vera?«

Onkel Guido suchte nach den passenden Worten, er wollte doch Veras Verteidiger sein. Umständlich erzählte er, daß Vera verheiratet sei. Peter hielt mit beiden Händen seinen Kopf. Er hörte zu. Draußen auf der Straße wurde es langsam Tag. Die erste Straßenbahn ratterte an den Fenstern vorbei.

Wie lange die beiden dort saßen, wußten sie nicht. Sie hatten auf keine Uhr geschaut.

Onkel Guido zahlte sechs Glas Tee mit Doppelrum. »Peter, komm, wir wollen nach Hause fahren.«

Peter stellte seinen Mantelkragen hoch. Er wollte gern alles Bedrückende abwerfen. Plötzlich schrie er Onkel Guido an: »Und du, du hast bei dieser Komödie mitgespielt. Du hast geschwiegen! Wo ist Vera? Ich will ihr ins Gesicht sagen, was sie ist ... sie ist nichts anderes als eine ...«

Onkel Guido wußte nicht, woher er die Kraft nahm, er schrie Peter an: »Herr Oberleutnant, Sie sind Offizier ...« Dann faßten seine Hände Peters Militärmantel. »Beherrschen Sie sich!«

Dumpf starrte Peter auf seinen Onkel. Unwillkürlich mußte er daran denken, daß Onkel Guido, heute klein und alt, früher einmal Hauptmann gewesen war. Jetzt war er, Peter, ein Wrack. Ein alter Mann hatte ihn zur Ordnung gerufen. »Entschuldige, Onkel. Komm, ich will schlafen. Die Augen tun mir weh!«

Peter schlief den Tag und die Nacht hindurch, schlief mit der Kraft der Jugend. Genoveva und Onkel Guido horchten öfter an der Tür; sie freuten sich über seinen Schlaf.

Als Peter aufgestanden war, heiß gebadet, kalt geduscht und sich ausgeruht zu Tisch gesetzt hatte, entwickelte er Appetit für drei Schwerarbeiter. Ruhig fragte er nach Veras Adresse. »Ich will mit ihr sprechen.«

»Warum?«

Er starrte in die Winterlandschaft und sagte: »Ich will ihr die Freiheit geben.«

»Das kannst du nicht, Peter«, entgegnete Onkel Guido.

»Warum nicht? Ich werde zu ihr gehen ... oder besser, gleich zu Gericht und dort erklären, daß ich mit dieser ...« Seine Stimme stockte, dann fuhr er fort: »Ich werde bei Gericht erklären, daß ich mich von meiner Frau scheiden lasse.«

Auf der Straße rann der aufgeweichte Schnee in schmutzigen Pfützen zusammen. Die Sonne konnte nicht durch den Schneenebel dringen.

»Vera darf vor kein Gericht, vor keine Behörde geladen werden, verstehst du, Peter?«

»Nein, ich verstehe nicht!« Plötzlich brach er los. »Warum nicht? Warum soll ich nicht zu Gericht gehen? Bin ich ein Verbrecher?«

»Nein, du weißt genau, daß du keiner bist!« sagte Onkel Guido ganz ruhig. »Aber Vera hat ein Verbrechen begangen.«

Peter glaubte falsch gehört zu haben. »Ein Verbrechen?«

»Ja, Vera hat das Verbrechen der Bigamie begangen!«

»Bigamie?« wiederholte Peter. »Ja, warum? Warum?« Völlig niedergeschmettert stand er vor seinem Onkel.

»Weil sie dich liebt, weil sie dein Leben erhalten wollte, oder weil du es von ihr gefordert hast.«

Peter unterbrach Onkel Guido. »Oder weil sie gehofft hat, daß ich bald krepieren werde.«

Onkel Guido ließ Peter reden. Reden tat gut. Er ließ seinen Neffen schimpfen, fluchen und wettern.

Sie wußten nicht, daß Vera in einem der nächsten Zimmer wartete. Sie war am frühen Morgen, ihrem Gatten einen Einkauf vortäuschend, nach Sievering gefahren. Frau Genoveva hatte ihr mit einer Tasse heißem Tee aufwarten wollen.

Vera aber hatte abgelehnt. »Ich danke schön, nicht böse sein, aber ich habe schon gefrühstückt. Ich will den Herrn Oberleutnant sprechen.«

Genoveva führte Vera in das große Zimmer. Auf dem Tisch lagen die Überreste der letzten Mahlzeit. Es war für Peter festlich gedeckt worden, Kerzen steckten in den alten Leuchtern. Schneeweiß glänzte das Damasttischtuch.

Vera schloß die Augen. Die Hochzeitskomödie, die sie mit Onkel Guido und Genoveva in diesem Zimmer erlebt hatte, sah sie im Geiste vor sich. Auf dem Tisch stand unangeschnitten ein großer, gezuckerter Gugelhupf. Im Ofen prasselte Feuer. Genoveva legte Holzscheite und Kohlen nach.

Im Türrahmen erschien Peter.

Vera ging auf ihn zu. »Peter ...« Mit raschem Blick sah sie, daß Peter gesund war. »Gott sei Dank, daß du gesund bist!« Ihre Hände streichelten Peters Wangen. »Blaß bist du ein bisserl, und Falten hast du auf der Stirn. Lach doch, Peter!«

Peter wußte nichts zu antworten. Anschauen mußte er Vera, immer nur anschauen. Das Gesicht, das er in seinem Herzen trug, war nicht von ihr. Seit Stunden versuchte er, es zu vergessen, und nun sah er es vor sich.

Onkel Guido küßte Vera die Hand. »Du frierst, mein Kind!« Er drehte sich um und rief: »Genoveva, schnell eine Tasse heißen Tee! Kommt, setzt euch doch ... benehmt euch wie Erwachsene. Keine Vorwürfe, bitte!« Zu Vera sagte er leise: »Peter weiß alles.« Dann legte er Veras und Peters Hände ineinander. »Begrüßen kannst du Vera trotzdem!«

Peter stand regungslos.

»Schläfst du, Peter?« fragte Onkel Guido.

Peter spürte, daß sein Leben langsam wieder zurückkam. Er hielt Veras Hand. Worte, harte Worte kamen über seine Lippen. »Mir geht es gesundheitlich gut ... und dir, wie ich sehe, auch. Darf ich nach dem Befinden deines Mannes fragen?«

»Peter!« Vera legte in diesen Ruf ihr Herz. »Peter, warum quälst du mich? Ich weiß, daß die Schuld bei mir liegt. Aber ...« Übermenschliche Kraft brauchte Vera, um den Schmerz, den sie im Herzen trug, zu überwinden. »Peter, ich liebe nur dich ... ich habe das alles nur getan, weil mir kein anderer Ausweg blieb!«

»Kein anderer Ausweg?« fragte Peter. »Zu deiner Beruhigung: Auch ich hatte einen Vater, und auch ich hätte ihn nicht in Schimpf und Schande gelassen. Alle deine Opfer sind gerechtfertigt, sogar sehr gerechtfertigt. Nun ist alles vorbei. Du bist mit zwei Männern verheiratet, beide leben ...«

»Ja«, antwortete Vera, »ich überlasse es dir, dein Urteil über mich zu fällen. Meinen Mann mußt du aus dem Spiel lassen. Er kann sich nicht verteidigen. Er hat mich nicht zur Heirat gezwungen.« Vera spürte Röte in ihrem Gesicht aufsteigen; banal und kränkend waren alle Worte, die hier gesprochen wurden. »Felix ist schwer krank. Er kann von seinem Leiden morgen oder auch in fünfzig Jahren erlöst werden. Soll ich ihn verlassen, Peter?«

»Nein, du sollst deinen Mann nicht verlassen und auch nicht auf seinen Tod warten. Du hast keine andere Wahl. Du mußt bei ihm bleiben, heute und immer.«

»Und du, Peter?«

Peter überlegte. »Ich ... ich werde an die Front gehen und fürs Vaterland weiterkämpfen. Niemand weiß, daß wir verheiratet sind. Die Trauzeugen sind längst in alle Winde zerstreut. Vielleicht habe ich Glück, vielleicht hat der Feind für mich eine Kugel ...«

Vera wollte seine Rede unterbrechen. »Peter ...«

Peter ließ sich nicht beirren, er sprach weiter. »Wenn ich für's Vaterland sterbe, dann bist du gänzlich von mir befreit. Wenn ich aber zurückkomme, werde ich dich nie daran erinnern, daß du meine Frau bist.«

»Ich habe nur dich geliebt. Ich werde immer nur dich lieben ... mein Leben lang lieben.« Ohne Pathos, voll innerer Demut kamen diese Worte über Veras Lippen. »Peter, ich liebe dich!«

Der Bann war gebrochen. Peters beleidigte Eitelkeit war verflogen. Behutsam trug er Vera in das Nebenzimmer. »Vera, Geliebte, ich liebe dich!«

Onkel Guido zog fröstelnd seinen warmen Schlafrock an.

Erleichtert setzte er sich an den gedeckten Tisch. Die Sorge war aus seinem Gesicht verschwunden. Er war glücklich, Peter hatte verziehen.

Verziehen? Onkel Guido dachte nach. Peter brauchte nichts zu verzeihen. Vera hatte sich in diese furchtbare Situation gebracht, um Peter glücklich zu machen. Peter zuliebe hatte Vera ein Verbrechen auf sich genommen, um ihn glücklich zu machen, um ihn vor dem Tode zu erretten. Nein, lieber Peter, dachte Onkel Guido, du hast kein Recht, Vera eine Schuld zu geben. Hier gibt es keine Schuld. Schicksal muß man es nennen. Und das Schicksal müssen alle Menschen ertragen.

Onkel Guido zerkrümelte trockenes Brot zwischen den Fingern. Seine Gedanken flogen weit zurück. Er dachte an seine verratene Liebe. Damals hatte auch er sich mit seinem Schicksal abfinden müssen. Jahr für Jahr hatte er es ertragen. Vergessen konnte er seine große Liebe nie.

Peter und Vera saßen, ohne viel zu sprechen, Hand in Hand nebeneinander.

»Vera, ich danke dir für das große Glück, das du mir geschenkt hast. Verzeih mir, daß ich dir weh getan habe.« Peter suchte nach Worten. »Ich bin halt nur ein Mann ... ein dummer Mann.« Leise wurde seine Stimme. »Ich will dich ewig lieben. Immer will ich auf dich warten. Ewig ...«

Österreich, das blühende Land, lag zerbrochen, eine Beute der Sieger. Der Krieg war verloren. Heldenhaft hatten die deutschen Österreicher in Gemeinschaft mit ihren Bundesgenossen an allen Fronten gekämpft. Aber sie hatten den Krieg gegen die Übermacht verloren. So mußten sie einen schweren Frieden unterzeichnen.

Erschüttert waren alle Österreicher, als sie hörten, daß ihr Kaiser sie verlassen habe. Vier Jahre Heldentum waren umsonst gewesen.

Hauptmann Peter Rainer führte seine Jäger nach Hause. Unendlich langsam schob sich der nicht enden wollende Zug der geschlagenen Armee der Heimat zu. Zerschunden, müde, grau in grau, vor Schmutz starrend, marschierten die zusammengewürfelten Truppen dahin. Alle dachten: Wann bin ich zu Hause, was erwartet mich dort?

Rastende Soldaten, Überreste verschiedener Regimenter, lagerten an den Straßenrändern. Müder Gesang klang näher. Soldaten aus den Alpenländern sangen Lieder aus der Heimat. Verwundete ruhten an den Wegrändern aus. Zerbrochene Wagen lagen quer über die Straße, wurden in Graben und Schluchten geworfen. Da es kein Futter gab, wurden die Pferde erschossen. Tote Soldaten schliefen in die Ewigkeit. Schlichte Kreuze aus Tannen- und Birkenholz standen über ihren letzten Ruhestätten.

Hauptmann Peter Rainer dachte auch an die Heimat. Was würde ihn dort erwarten? Sein bester Freund, Onkel Guido, war tot. Vera lebte mit einem anderen Mann, mit ihrem Gatten... Peter schaute zurück. Brennende Dörfer wiesen die Straßen durch die Nacht. Die Pistolentasche drückte. Peter überlegte eine Sekunde lang. Sollte er dem Schicksal nachhelfen? Ein kurzer Druck auf den Abzugshahn, und sein Leben war ausgelöscht. Er würde dann keine Qualen mehr leiden müssen, und Vera würde von ihm befreit sein.

»Herr Hauptmann, melde gehorsamst, Sie möchten zum Herrn Oberst kommen.«

Oberst Radazzi, ein vom Tod gezeichneter Mann – er war vor einigen Tagen schwer verletzt worden –, lag in Stroh gebettet auf einem Panjewagen. Offiziere umstanden ihn. Er erteilte seinen letzten Befehl: »Jeder der Herren verspricht mit Handschlag, seine Leute nach Hause zu bringen. Meine Herren, die Heimat wird Sie notwendig brauchen. Ich ahne Ihre Gedanken und Wünsche. Auch, daß Ihnen Selbstmord näher steht als das Leben. Meine Herren Kameraden, es gibt keine Fahnenflucht aus dem Leben!«

Peter und seine Kameraden standen unbeweglich und hörten die immer leiser werdenden Worte ihres Kommandeurs. Trommelwirbel rauschten auf, Signalhörner mischten sich darunter. Das Leben hatte gesiegt. Der morgige Tag war wichtiger als der gestrige.

»Soldaten, wir marschieren nach Hause!«

Alle Offiziere hielten getreu ihren Eid; sie brachten ihre Truppen wohlbehalten in die Heimat.

Onkel Guido hatte den Zusammenbruch der großen Monarchie nicht mehr erlebt. Er starb, nachdem er wieder einen Tag so verbracht hatte, wie er es seit vielen Jahren gewohnt war: Spaziergang, Klavierspiel, Spaziergang, Klavierspiel.

Vor dem Schlafengehen hatte er ein weißes langes Nachthemd angezogen und selber noch fürsorglich die Kerze gelöscht. Als Genoveva fragte, ob er noch einen Wunsch habe, antwortete er: »Danke, nein, ich fühle mich heute so wohl, wunschlos glücklich.«

Ob Onkel Guido Genovevas Gute-Nacht-Wunsch noch gehört hatte? Frühmorgens lag er friedlich, die Hände auf der Brust gefaltet, in seinem Bett und war für immer von dieser Welt gegangen. Genoveva blieb.

Als Peter nach Hause kam, konnte Genoveva ihm die Erbschaft übergeben. Das Haus in Sievering war ihm erhalten geblieben. Der verstorbene Herr hatte als guter Patriot viel Geld in Kriegsanleihen angelegt. Das war verloren. Aber Onkel Guido hatte auch goldene Münzen gesammelt, Vrenelis und Dukaten. Für ihn war das nur eine Liebhaberei gewesen. In dieser schweren Zeit war aus der Liebhaberei ein Vermögen geworden.

Dieses Vermögen ermöglichte es Peter, sich einen Traum zu erfüllen, der ihn mitten im Krieg unter den Sterbenden und Verwundeten überkommen hatte: Er wollte Arzt werden. Noch waren die Universitäten geschlossen, aber er fand einen Lateinlehrer, der ihn auf das Studium vorbereitete.

Genoveva blieb bei ihm.

Nach dem verlorenen Krieg herrschten Hunger, Verzweiflung, Kummer und Arbeitslosigkeit in Wien und Österreich. Die Zeit heilte keine Wunden, aber sie verging.

Man schrieb das Jahr 1920.

Es war ein herrlicher Maientag. Die Sonne wärmte die Auen und Gärten. Friedlich wie immer strömte die Donau gegen

Osten. Im Prater drehte sich das Riesenrad. In einer Woche würde Pfingsten sein.

Baronin Vera von Rotweil strich auch in diesem Jahr den Pfingstsonntag und den nachfolgenden Montag in ihrem Kalender mit einem dicken Blaustift durch. Am liebsten hätte Vera diese beiden Tage aus ihrem Gedächtnis gestrichen. Festtage würden es für sie ohnehin nicht sein, denn sie mußte arbeiten.

Seit vier Monaten war Vera Witwe. Völlig allein war sie. Felix von Rotweil war unter fürchterlichen Schmerzen in ihren Armen gestorben.

Schon lange hatte Vera das Lachen verlernt. Eine qualvolle Ehe lag hinter ihr. Felix, durch seine Lähmung ans Bett gefesselt, war von Tag zu Tag schwieriger geworden.

Nach dem Zusammenbruch der Donaumonarchie hatte sich herausgestellt, daß Felix von Rotweil schon vor dem Krieg weit über seine Verhältnisse gelebt hatte. Das Geld, das er nicht erworben, sondern ererbt hatte, hatte er mit vollen Händen ausgegeben. Nun zerfloß das Rotweilsche Vermögen in nichts. Der Wert der Aktien hatte bald seinen Tiefststand erreicht. Rotweil hatte spekuliert, um sein Restvermögen zu erhalten. Er ließ, um Bargeld zu haben, seine gesamten Grundstücke, die Ringstraßenhäuser, belehnen. Schwindler tätigten für ihn Riesengeschäfte, die keine waren. Von Kaufleuten windigster Art wurde er betrogen. In fünf Jahren war das Rotweilsche Vermögen völlig zerronnen. Die große, herrlich eingerichtete Villa in Hietzing mußte versteigert werden. Veras kostbarer Schmuck wurde im Dorotheum-Pfandhaus hoch belehnt; es fehlte dann das Geld, der Schmuck konnte nicht mehr ausgelöst werden.

Vera und ihr Mann mußten zuerst in eine Wohnung mit sechs, dann in eine mit vier Zimmern ziehen, schließlich lebten sie in einer Einzimmerwohnung.

Vera hatte ihr Geschick, die qualvolle Ehe, mit Engelsgeduld ertragen. Längst war sie aus dem Traum der Vergangenheit erwacht. Die Wirklichkeit war grausam zu ihr.

Vera kochte und besorgte den Haushalt. Ihr Vater war bereits 1916 gestorben. Eine Erkältung und die darauffolgende Lungenentzündung hatten ihn hingestreckt. Vera hatte ihm die

Augen zur ewigen Ruhe zugedrückt. Ihr Groll war längst verschwunden.

Seit diesem Tag hatte sie niemand, dem sie ihr Leid klagen oder den sie um Hilfe bitten konnte. Onkel Alfons, Peters zweiter Onkel, nahm einen Lehrstuhl in Kopenhagen an. Er sandte jedes halbe Jahr Geld und Grüße.

Veras Verwandtschaft, die durch die Regierungsumstellung ihren Einfluß verloren hatte, verarmte schnell. Die jungen Mitglieder der österreichischen Adelsfamilien versuchten mit dem neuen Leben zurechtzukommen. Viele wurden Taxichauffeure, Auto- oder Pferdehändler, Fremdenführer, kleinere Beamte. Einige verschafften sich durch Heirat mit reichen Amerikanerinnen wieder Vermögen und Ansehen. Vera konnte von diesen Verwandten keine Hilfe erwarten.

Auch Rotweils Freunde halfen nicht. Nur Alois, sein ältester und treuester Diener, opferte seine Ersparnisse. Aber auch diese Beträge schwanden schnell dahin.

Professor Dr. Schwertsieder, der den Patienten Rotweil bis zu seinem Tode betreute und viele Jahre lang für Behandlung und Medikamente kein Geld mehr bekam, wurde Zeuge dieses äußeren Zusammenbruchs.

Nur Vera und Professor Dr. Schwertsieder waren hinter Felix von Rotweils Sarg gegangen.

»Was wollen Sie jetzt tun?« hatte der Professor gefragt, als die schlichte kleine Feier vorüber war.

»Ich weiß es nicht«, hatte Vera geantwortet und nach einer kleinen Pause hinzugefügt: »Ich habe schon daran gedacht, Schreibmaschine und Stenographie zu lernen. Aber es besteht wohl kaum Aussicht, daß ich eine Stellung bekommen werde.«

»Als Sekretärin sicher nicht, aber als ... Krankenpflegerin.«

Vera hatte den Professor überrascht angesehen, denn auf diesen Gedanken war sie noch nicht gekommen.

»Wenn Sie etwas in den letzten Jahren gelernt haben«, fuhr der Professor fort, »dann ist es doch die Pflege eines schwierigen und todkranken Patienten. Ich könnte Ihnen eine Stellung verschaffen ... das heißt natürlich nur, wenn Sie überhaupt bereit sind, eine solche Arbeit zu übernehmen ...«

»Es wäre für mich schön, gebraucht zu werden«, hatte Vera entgegnet, »und dann ... ich muß ja von etwas leben ...«

»Es wird nicht leicht sein. Unter meinen Patientinnen ist eine schwerkranke alte Dame, Frau Meyer-Lindenschmidt. Sie leidet an Rheuma in fortgeschrittenem Zustand. Ein qualvolles Leiden. Sie müßten täglich zwölf Stunden Dienst tun. Eine Nachtschwester ist vorhanden.«

»Ich bin bereit«, hatte Vera gesagt.

Seitdem arbeitete sie Tag für Tag für die alte Dame, bettete sie um, wischte ihr den Schweiß von der Stirn, reichte ihr die Bettschüssel und hielt ihre Hand, wenn die Schmerzen zu arg wurden.

Eines Abends kam die Nachtschwester, die sie ablösen sollte, nicht pünktlich. Es wurde Nacht, bis Vera sich auf den Heimweg machen konnte.

»Heda, Fräulein!« Gut aufgelegt kam ihr eine größere Gruppe von Männern und Frauen entgegen, ineinander eingehängt bildeten sie eine Kette. Schnell war sie von diesen lustigen Leuten umringt. »Mitgefangen, mitgehangen!« riefen sie. Es waren junge Menschen, übermütig wollten sie die Nacht beginnen. Schlafen wollten sie noch lange nicht.

»Sie müssen mitkommen!« Vera spürte eine kräftige Hand um ihren Arm. »Heut ist heut, uns gehört die Welt!«

Ein junger Mann, groß, schlank, mit kleinem Schnurrbärtchen, den Hut schief ins Gesicht gedrückt, rief: »Ich möchte der Welt heut einen Haxen ausreißen! Entschuldigen Sie, gnädigste Prinzessin, meine volkstümliche Aussprache. Ich bin ein Prinz vom Traumland. Ich suche Sie, Prinzessin. Jawohl, ich suche Sie! Mein Thron ist pfutsch, meine Minister sind pfutsch. Ich habe nur noch eine Nacht zu leben. Ich bin noch jung, und weil ich jung bin, habe ich ein Recht, dich zu küssen. Komm, Prinzessin, ich will dich küssen, und dafür will ich dich hinauf zu den Sternen führen. Heda, Platz da! Was wollt ihr überhaupt hier?« Nahe bei Vera stand der Übermütige und starrte die anderen groß an. »Platz da! Zur Seite! Seht ihr nicht, daß ich mit einer Prinzessin spreche? Geht voraus, ich komme nach!«

Die Männer und Mädchen lachten auf und gingen weiter.

»Peter Paul ist wohl verrückt geworden?« rief ein junges Mädchen.

Leise fragte Vera: »Sie heißen Peter?«

»Ja, Peter Paul. Warum?«

»Nichts. Ein schöner Name... Peter.«

»Wir wollen allein bleiben.«

»Ja.«

Peter rief, die Hände wie einen Schalltrichter vor den Mund haltend, den anderen nach: »Kinder, seid lustig! Ich komme nicht nach! Aber ich zahle alles!«

Niemand drehte sich nach ihnen um; sie waren schon zu weit weg.

»Du bist schön, Prinzessin!«

»Sie können mich doch nicht sehen. Es ist ja finster.«

»Aber deine Stimme klingt gut. Wenn meine Mutter mir Märchen erzählte, war ihre Stimme wie deine. Bitte!« Der junge Mann nahm Veras Arm. »Darf ich bitten?«

Vera legte ihre Hand in seinen Arm.

Eine Lampe, die vom Wind hin- und hergeschaukelt wurde, beleuchtete beide.

Der Fremde blieb stehen. »Ich habe es ja gewußt – du bist schön, Prinzessin!«

»Ich bin keine Prinzessin!«

»Doch! Zerstöre, bitte, meine Träume nicht. Du bist meine Prinzessin.«

Vera schloß die Augen. Sie spürte, ein junger Mann mochte sie. »Peter?«

»Ja, was willst du, Prinzessin?«

»Haben Sie schon viele Frauen Prinzessin genannt?«

»Alle Frauen sind Prinzessinnen!«

»Bitte, Peter, sprechen Sie, als wären Sie in mich verliebt!«

»Ich liebe dich, Prinzessin!« Peter blieb stehen und legte seinen Arm um Veras Schulter. »Darf ich dich küssen, Prinzessin?«

»Halt!« Vera legte ihre Hand zwischen ihren und seinen Mund. »Nicht so stürmisch, Peter!« Nach einer Weile fragte sie: »Wer sind Sie, Peter?«

»Ich? Ich bin ein Niemand! Warum willst du das wissen? Wenn du willst, ruf mich Prinz Überdruß!«

Vera lachte müde, doch sie lachte. »Wie Sie wirklich heißen, möchte ich wissen.«

»Peter Paul Klingenstein. Ich bin ein klingender Stein. Mein Vater starb als braver Mann. Es ist schon lange her. All sein Geld, das er mir hinterließ, brachte ich unter die Leute, unter Freunde ... ich bin eigentlich schon tot. Sie werden jetzt lachen oder vielleicht auch nur lächeln. Aber tun Sie es nicht, Prinzessin, lassen Sie es mich aussprechen. Ich bin schon gestorben. Piff, paff, tot! Meine Verwandten, meine Gläubiger und alle die Menschen, die mir gut oder böse sind, sind seit Stunden von mir brieflich verständigt, daß ich es vorgezogen habe, mein Leben eigenhändig zu verkürzen. Sie gehen jetzt mit einem Verstorbenen spazieren, oder, besser ausgedrückt, mit einem Selbstmörder. Versuchen Sie aber nicht, mir Moral zu predigen!«

Ein Auto schaltete die Scheinwerfer ein.

Vera blieb geblendet stehen. »Selbstmord ist keine Lösung, Prinz Überdruß!« Sie erinnerte sich, daß sie diese gleichen Worte vor vielen Jahren zu Peter Rainer gesprochen hatte. »Sie dürfen nicht sterben, Peter!«

»Dürfen? Aber ich bin doch schon tot! Prinzessin, komm, küß mich!« Veras Begleiter brach in schallendes Lachen aus. »Hahahaha! Komm, Prinzessin, ich will dir den Himmel zeigen! Hallo, Taxi – bleiben Sie stehen!«

Peter hielt eine Autodroschke an, galant half er Vera beim Einsteigen. »Fahren Sie immer geradeaus, oder nein ... fahren Sie in den Prater! Lieben Sie den Prater, Prinzessin?«

Kaum verständlich antwortete Vera: »Ja! Ich war schon viele Jahre nicht mehr dort.«

Im dunklen Fond des Wagens spürte Vera die Hände ihres Begleiters. Eiskalte Hände. Sie begriff plötzlich, daß dieser Mann ein Unglücklicher war. »Lieber Peter«, bettelte sie, »Sie müssen leben!«

»Warum, Prinzessin? Was geht dich mein Leben oder mein

Tod an? Wer bist du?«

»Wer ich bin? Eine Frau. Es gibt ja Millionen Frauen.«

»Das stimmt.« Nach einer kurzen Pause fragte er: »Wirst du dich mir schenken?«

»Nein!«

»Warum nicht?«

»Du bist ein Toter, sagtest du doch selber. Ich schenke mich nur ...«

Peter unterbrach Vera. »Wenn ich leben würde?«

»Behalt dein Leben!«

»Nein, ich will nicht!« Peter nahm aus dem Rock eine Brieftasche. »Hier hast du ein Andenken.«

»Behalte es, ich brauche nichts von dir!«

»Bist du jetzt traurig, Prinzessin?«

»Nein, müde bin ich. Bitte, laß den Wagen halten. Ich will Luft, ich brauche frische Luft.«

Der Taxichauffeur fuhr, nachdem er ein größeres Trinkgeld bekommen hatte, weiter.

»Geben Sie mir Ihre Hand!« bat Vera. »Lieber Peter, wenn Sie Ihr Leben wegwerfen, müssen Sie Ihr Leben hundertmal und öfter immer wieder leben. Glauben Sie mir ... aus dem Leben kann man nur abberufen werden. Verstehen Sie mich, Peter?«

Dann brachte Vera Peter Paul nach Hause. Er hatte eine gute Mutter. Leise, mit den Tränen kämpfend, sagte sie, als ihr Sohn in ihre Arme sank: »Armer Bub, mein armer Bub! Es wird alles wieder gut werden.«

Die Begegnung mit Peter Paul gab Vera Auftrieb. Sie hatte einen Menschen gerettet, also hatte doch auch ihr Leben einen Wert. Zwar hatte sie keine Hoffnung, an die sie sich klammern konnte, aber in ihr erwachte ein Gefühl, daß es nicht immer so bleiben würde, wie es war. Ihr Leben konnte doch nicht bis ans Ende ihrer Tage ohne Freude, ohne Sonne und ohne Glück dahingehen. Irgendwann mußte eine Wende einsetzen.

Aber nichts wurde besser.

Das Herz der Patientin, durch das Rheuma und die vielen

Medikamente geschwächt, versagte. Vera konnte sie zwar im letzten Moment dem Tod entreißen, aber nicht länger die Verantwortung für sie übernehmen.

Mit einem Krankenwagen wurde Frau Meyer-Lindenschmidt in die Klinik gefahren. Vera saß neben ihr, hielt ihre Hand und fand tröstende und ermutigende Worte.

Die Patientin gehörte zu den wenigen Menschen in Österreich, die sich einen Teil ihres Vermögens über den Zusammenbruch hinaus hatten retten können; sie wurde in ein Einzelzimmer gelegt. Während die Schwestern sie rasch versorgten, blieb Vera noch bei ihr, denn Frau Meyer-Lindenschmidt stand immer noch unter Todesangst.

Professor Dr. Schwertsieder kam mit seinem kleinen Stab. Vera berichtete rasch, was geschehen war. Der Professor lobte sie wegen ihres umsichtigen Handelns, fühlte den Puls der Kranken, sprach beruhigend auf sie ein und verschrieb Medikamente.

»Kommen Sie, bevor Sie weggehen, noch zu mir!« sagte er zu Vera. Der Professor und die Ärzte und Schwestern, die ihn begleiteten, drehten sich um und gingen zur Tür – nur einer blieb stehen und sah Vera an.

Sie erkannte Peter Rainer.

Das Erkennen dauerte nur einen Augenblick; dann wandte auch er sich ab und eilte den anderen nach.

Vera hatte nicht geglaubt, nach all den Jahren durch das Wiedersehen mit Peter so völlig aus der Fassung gebracht zu werden. Sie wußte, daß Professor Schwertsieder mit ihr sprechen und ihr wahrscheinlich eine andere Stellung anbieten wollte. Aber sie hatte nicht die Nerven, ihn jetzt aufzusuchen.

Hastig verabschiedete sie sich von Frau Meyer-Lindenschmidt und verließ fluchtartig die Klinik. Sie hatte das große Tor schon erreicht, als sie Peters Stimme hörte.

»Vera!«

Sie blieb stehen, wie gebannt.

Er erreichte sie und packte sie bei den Armen. »Vera, warum läufst du denn weg?«

Sie war außerstande, eine Antwort zu geben.

Sein Gesicht verfinsterte sich. »Oder mußt du zu deinem Mann?«

»Er ist tot«, brachte sie mühsam heraus.

»Und du? Was machst du seitdem?«

»Ich arbeite als Krankenpflegerin. Alles Geld ist hin. Professor Schwertsieder war so freundlich ...«

»Ja, er ist ein wunderbarer Mann!«

Sie standen Pflegern und Besuchern, die an ihnen vorbei wollten, mitten im Weg, aber sie achteten nicht darauf.

»Wie kommst du zu ihm?« fragte Vera.

»Ich habe begonnen, Medizin zu studieren. Ich mache gerade mein Praktikum.«

»Peter, das ist wundervoll!«

»Ja, für mich hat der verlorene Krieg sein Gutes gehabt. Ich bin zu einem vernünftigen Beruf gekommen.«

»Ich habe auch längst aufgehört, das verwöhnte Komteßchen zu sein.«

»Aber schön bist du immer noch!«

Müde strich sie sich eine Strähne ihres blonden Haars aus der Stirn. »Findest du?«

»Ja, Vera. Für mich bist du immer noch die schönste Frau.«

»Und du bist für mich der liebste Mensch!« kam es ungewollt über ihre Lippen.

»Vera!« Er zog sie an seine Brust. »Wollen wir einen neuen Anfang machen?«

»Wir haben uns beide sehr verändert.«

»Aber wir lieben uns immer noch! Ich liebe dich, Vera ... und du mich doch auch. Was kann uns hindern, beisammen zu bleiben?!«

»Die Vergangenheit, Peter!«

»Ach, Unsinn, Vergangenheit! Wir haben beide Zukunft ... eine wunderbare gemeinsame Zukunft! Mit eins, zwei, drei, vier, fünf, sechs, sieben Kindern ... weißt du noch?«

»Wie jung wir beide waren!« sagte Vera wehmütig.

»Aber wir sind es immer noch! Vera, bitte, werde meine Frau! Es muß ja nicht von heute auf morgen sein. Ich werde wieder um dich werben, ja? Wir werden in den Prater fahren ... wir werden spazieren gehen, und wir werden und ganz, ganz lieb haben! Willst du, Vera? Bitte, sag ja!«

Vera konnte vor Glück nicht sprechen. Aber das Leuchten ihrer Augen war ihm Antwort genug. Er küßte sie, ohne Rücksicht darauf zu nehmen, daß sie nicht allein waren.

Erst als Professor Schwertsieder sich sehr nahe bei ihnen heftig räusperte, lösten sie sich voneinander.

»Wie ich sehe, kann man wohl gratulieren«, sagte er schmunzelnd.

»Ja, Herr Professor«, riefen beide gleichzeitig, »das können Sie!«

»Würden Sie mein Trauzeuge sein?« fragte Peter rasch.

»Ich wüßte nichts, was ich lieber täte. Aber jetzt kommt, Kinder, begleitet mich ins Café Fenstergucker. Ich habe den Eindruck, daß ich eine Flasche Champagner spendieren muß.«
Auf der Straße sagte er zu Peter: »Wissen Sie eigentlich, daß Sie eine unerhört tapfere kleine Frau erobert haben?«

»Ja, das weiß ich«, erwiderte Peter, »und ich werde auch alles daransetzen, sie glücklich zu machen.«